桂浜・竜王岬（高知市）
竜馬は、暗殺される直前に里帰りをして桂浜の月を見ている。

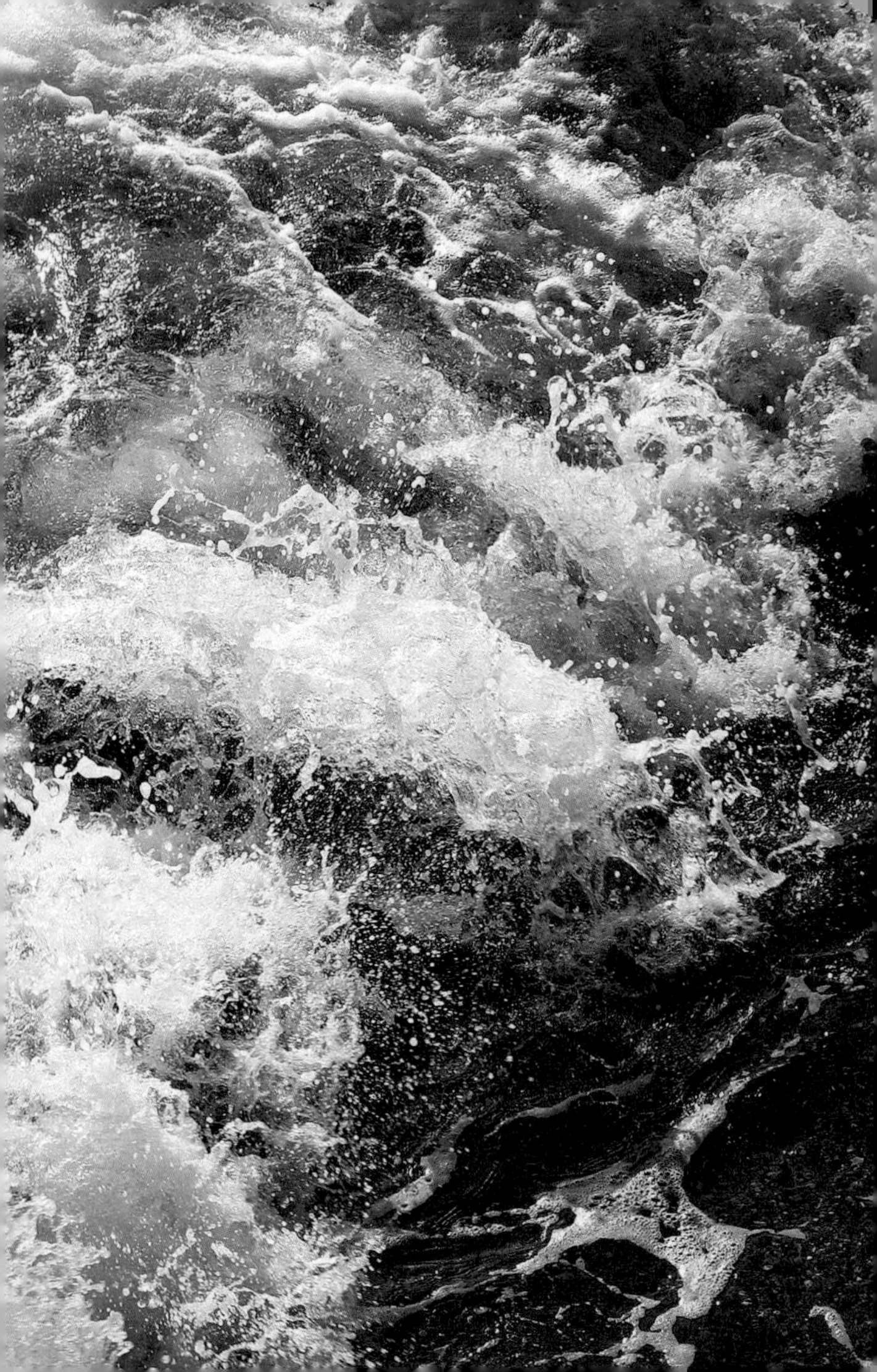

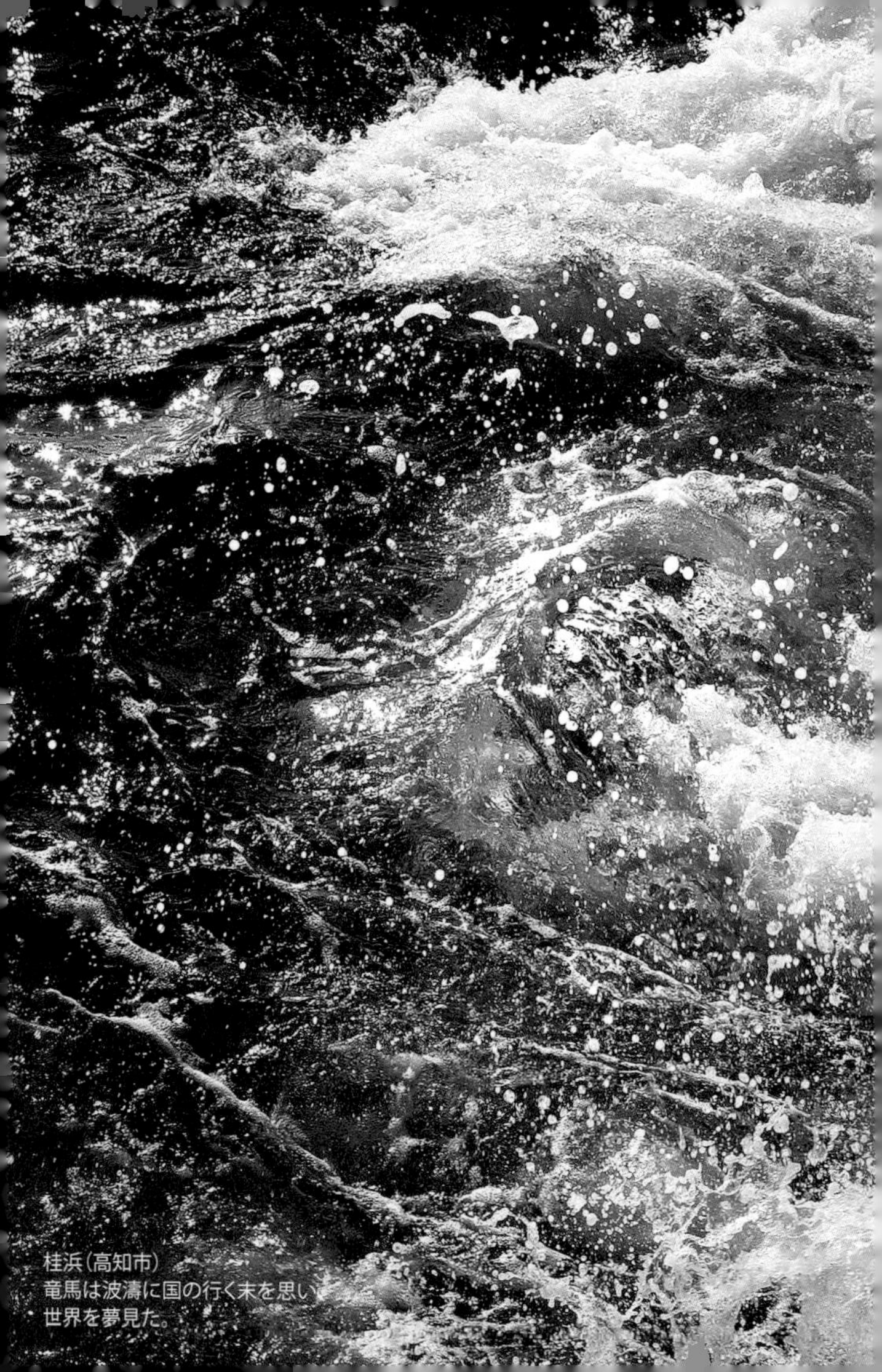

桂浜（高知市）
竜馬は波濤に国の行く末を思い
世界を夢見た。

高瀬川（京都市中京区）
竜馬が一時期住んでいた「酢屋」もある木屋町通り沿いを流れる。

龍馬通り（長崎市）
この坂道に亀山社中があり、竜馬、饅頭屋長次郎、陸奥宗光らが駆け登った。

金戒光明寺（京都市左京区）
会津藩の本陣があり、近藤、土方がよく姿を現した。

旧島原遊郭の大門
芹沢鴨が大暴れした揚屋「角屋」は現存している。

犬飼の滝（鹿児島県霧島市）
竜馬とおりょうが新婚旅行で訪れた滝。

高千穂山頂(宮崎県高千穂町)
竜馬とおりょうは「新婚登山」を楽しみ、逆鉾を引き抜いている。

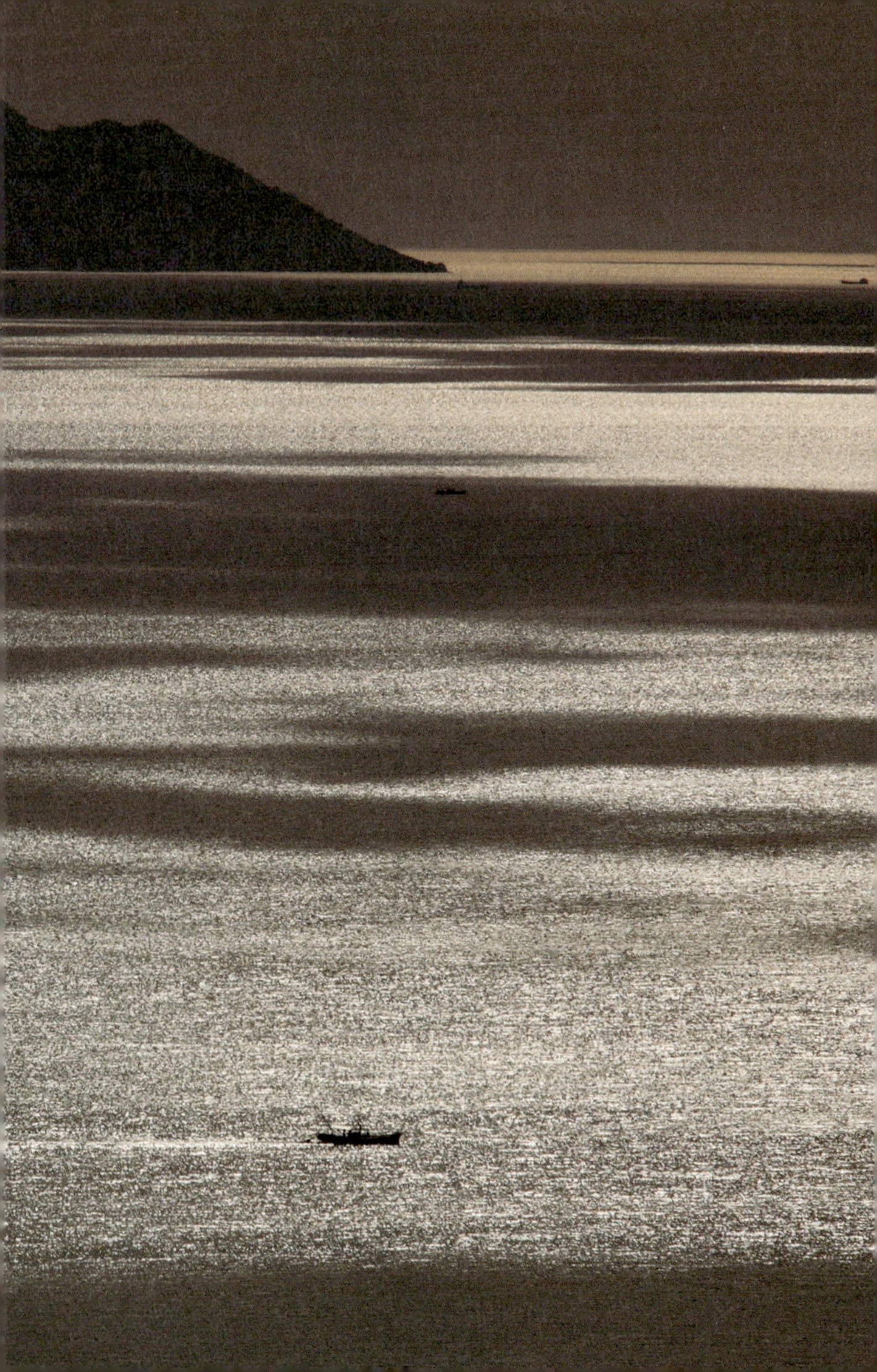

瀬戸内海（広島県福山市）
「いろは丸」事件が起き、竜馬らは鞆の浦で紀州藩との談判に挑んだ。

壬生寺（京都市中京区）
壬生で活動を始めた新選組は池田屋事件で名を上げた。

金戒光明寺（京都市左京区）
『燃えよ剣』では、会津本陣で清河八郎暗殺の指令が出ている。

鷲ノ木浜(北海道森町)
土方は旧幕府軍を率いて鷲ノ木に上陸、松前城を攻略した(左頁も同じ)。

開陽丸（北海道江差市）
この主力艦を失い五稜郭政府は追い詰められていった。

司馬遼太郎の幕末維新 I

竜馬と土方歳三

週刊朝日編集部

朝日文庫

本書は二〇〇六年十一月、朝日新聞社より刊行された『週刊司馬遼太郎』および、二〇一〇年十一月に朝日新聞出版より刊行された『週刊司馬遼太郎7』をもとに再構成し、加筆・修正したものです。

文庫判によせて　竜馬と土方への新たな旅

世界がキューバ危機に揺れ、マリリンモンローが亡くなり、阪神がセ・リーグを制した一九六二（昭和三十七）年、六月に『竜馬がゆく』の連載がスタートし、十一月には『燃えよ剣』の連載が始まっている。『新選組血風録』の文庫判解説で、作家の綱淵謙錠《つなぶちけんじょう》さんが書いている。

〈この昭和三十七年という年は、司馬さんの頭脳が〈幕末〉をめぐって大きく燃えさかろうとしていた時期なのであった〉

敵味方の幕末のヒーローを同時に描き、結局どちらも空前のベストセラーとなった。NHKの大河ドラマが龍馬や新選組を取り上げると多くの出版物が世に出るが、いまでもよく売れるのはやはりこの二冊になるようだ。

二人の主人公はいずれも剣の達人で、恋の達人でもある。土方が、

「もともと女へ薄情な男なのだ。女のほうもそれがわかっている。こういう男に惚れる馬鹿が、どこの世界にあるもんか」

とうそぶくと、若き日の竜馬は旅で知り合った女性との別れ際、

「えらくはならん。しかし百年後に、竜馬という男はこういう仕事をした、と想いだしてくれる人がいるだろう。そんな男になる」

と、遠い眼をしてみせる。

土方よりも竜馬の方がプレーボーイかもしれない。土方が恋人お雪と夕陽ケ丘でせつない別れをするのに比べ、竜馬は長崎の芸妓お元《もと》と朝帰りし、妻のおりょうになじられる。

「あなたは、はじめのころの純情《うぶ》なところがだんだんなくなってきたわ」

「純情だけでは、人間の乱は鎮められんからな」

恋愛ひとつとっても、この二作品を読み比べるのは楽しいかもしれない。

週刊朝日では二〇〇六年から「週刊司馬遼太郎」というタイトルで、司馬さんの小説を旅する連載を始めた。ゆかりの地を歩き、研究者の話を聞き、ときには子孫にも会う。司馬さんの執筆当時はなかった資料から、新たな竜馬、土方に会うこともある。本書はその連載を再構成したものになる。

私は『街道をゆく』の担当記者を六年経験していて、司馬さんから竜馬や土方の話を聞くことはほとんどなかった。司馬さんは最後まで忙しかったし、なによりそのときに書いていた作品に集中していた。

それでもときどき、竜馬や土方について、ぽつり、ぽつりと語ることもあった。司馬さんにとっては二人は、昔の大切な友人のような存在だったのかもしれない。そんな司馬さんの言葉を思い出しつつ、竜馬と新選組の新たな旅にご案内する。

二〇一二年一月

週刊朝日編集部　村井重俊

本文中に登場する方々の所属等は取材当時のままで掲載しています。

本文の執筆は村井重俊、太田サトル、守田直樹が、インタビューは山本朋史が、写真は小林修が担当しました。

司馬遼太郎の幕末維新Ⅰ　竜馬と土方歳三

目次

地図　谷口正孝

司馬遼太郎の幕末維新 I

竜馬と土方歳三

永遠の竜馬

『竜馬がゆく』の世界

世界のどの民族でも共感できる「青春」

二〇一〇年の高知・桂浜のにぎわいはすごかった。もともと人出の多いところだが、NHK大河ドラマ「龍馬伝」の人気のため、休日ともなると付近の道路が渋滞し、浜辺はごったがえしていた。家族連れ、カップル、歴女《れきじょ》たち、皆が龍馬気分で目を細めている。人ばかりではなく、ソフトバンクのCMの「お父さん（犬）」も浜辺ですっかり龍馬気分だった。

桂浜を訪れる人は、みな坂本龍馬（一八三五～六七）の銅像を見上げることになる。銅像を見ると、司馬さんの産経新聞の後輩の、故・渡辺司郎さんを思い出す。渡辺さんは高知出身で、新たな小説のテーマを考えていた司馬さんに、

「龍馬を書いて欲しいのになあ」

とつぶやいた。これが『竜馬がゆく』執筆のきっかけとなった。渡辺さんは小学四年の遠足で銅像を見て感激、それからは将来やりたい仕事をきかれると、

「坂本龍馬！」

と答える少年になった。

「もっとも当時は龍馬はヒーローじゃなかったね。大人たちから、『龍馬はろくなもんじゃない、なるんやったら武市《たけち》半平太《はんぺいた》になれ』といわれたね」

と、渡辺さんはいっていた。

『竜馬がゆく』の連載は一九六二（昭和三十七）年から約四年つづいた。

〈坂本竜馬をえらんだのは、日本史が所有している「青春」のなかで、世界のどの民族の前に出しても十分に共感をよぶに足る青春は、坂本竜馬のそれしかない、という気持ちでかいている〉（『竜馬がゆく』）

「龍馬」ではなく「竜馬」になった。当時の産経新聞の担当者がなぜ竜馬ですかときくと、司馬さんはいった。

「僕は学者じゃなく、小説家。この小説は僕の竜馬で、自由な竜馬を書くよ」

主人公に負けない、自由な若き司馬さんがいた。竜馬も司馬さんも、世界が視野にあったのである。

脱藩と亡命

司馬さんから、『竜馬がゆく』を書き始めた時代の話を聞いたことがある。連載したのは産経新聞夕刊。一九六二（昭和三十七）年六月に始まり、司馬さんは三十八歳だった。二年前に『梟《ふくろう》の城』で直木賞を受賞、前年に産経新聞社を退社したばかりで、司馬さんはまだまだ新進気鋭。しかし古巣から出された連載の条件は予想外のものだった。

「月の原稿料が百万円だといわれてね、うれしかったけど、これは売れるものを書かなきゃいけないと思ったね」

売れるどころか、のちに二千万部を超えるベストセラーになってしまうのだが、当時としては破格の原稿料に若き司馬さんは感激し、気負いもしたらしい。

「そのころずっと、竜馬の魅力ってなんだろうと考えていた。薩長同盟を結ばせることに成功したのは、それがいちばん大きいからね」

薩摩と長州が一緒になれば幕府を倒せる。誰にでもわかる理屈がなかなか通らなかったが、竜馬が「言い出しっぺ」になって話はまとまった。その人間的な魅力をどう表現したらいいか。司馬さんはいった。

「女性になったつもりで書くことにしたんだ」

「寝小便《よばあ》たれ」の竜馬を育ててくれた乙女姉さん、家老の家に生まれたお田鶴《たず》、剣を磨いた千葉道場の娘さな子、寺田屋の女将お登勢、長崎丸山の芸者お元《もと》、そして結婚したおりょう。『竜馬』のヒロインたちは誰もが個性的な魅力に輝いている。

「彼女たちは竜馬のどこに惚れたのかを考えた。そして、あれだけ多くの人の心をとらえる魅力は何なのかと。女性になったつもりで書いたのは、後にも先にも竜馬だけだね」

　作家の故・三浦浩さんも、著書『司馬遼太郎とそのヒーロー』（大村書店）のなかで、『竜馬』の時代に触れている。三浦さんは産経新聞時代の後輩にあたる。以下は、三浦さん、クスクス笑いながら書いたに違いない。

〈もてる竜馬を描くため、作者は女の目になって竜馬を書いた、と洩らしたほどであるが、作者も若いときの京都での新聞記者時代、かなりモテた、といったこともある。東山三十六峰、それぞれに思い出があると嘯《うそ》ぶいたものだが、話は半分以下にしておこう〉

　本当にそんなにモテたかどうか。みどり夫人に聞いてみると、

「そうねえ、大阪の曾根崎によく行くバーがあって、そこの女性たちがいったことがあ

るの。司馬さんは、『恋人にするより亭主にしたいタイプ』ですって。ふてくされていらっしゃいましたよ」

『竜馬』の連載は六六（昭和四十一）年五月まで続いた。途中から担当記者となったのは窪内隆起《たかおき》さん。連載が始まったころは、福井支局勤務だった。

「毎日、支局に購読申し込みの電話があったり、高校野球の選手たちから『読んでます』といわれたり、大変な反響でした。当時の福井県知事も悔しがってましたね。全国知事会で会った高知県知事が、『観光客が増えてる』と大喜びしていたからです。『福井にも竜馬に負けない人物はいる。道元、蓮如、柴田勝家、お市の方、松平春嶽もいる。司馬先生に書いてもらえんでしょうか』と相談されたこともあります」

大阪本社の文化部勤務となり、司馬さんの担当になった。高知県人の窪内さんには、会ってすぐに確かめたいことがあったという。

「『なんで、略字の竜ですか』と。僕ら高知の人間はずっと『龍馬』に慣れ親しんでましたから。すると、『僕は学者じゃなくて小説家だろ。この小説は僕の竜馬だし、自由な竜馬を書くんや』。さらに、『龍馬のほうは平尾道雄先生をはじめとする方々にお任せすればええ』ともいわれました」

平尾道雄さんは龍馬研究の第一人者。『龍馬のすべて』（高知新聞社）、『坂本龍馬海援隊始末記』（中公文庫）ほかの著書がある。尊敬していた司馬さんには「平尾道雄史学の普遍性」（『司馬遼太郎が考えたこと10』所収）というエッセーもある。

そして、司馬さんがめざした「僕の竜馬」づくりに、大きく貢献した人がいる。窪内さんはいう。

「竜馬のイメージづくりに最初は苦労されていたけど、ハンガリーの青年、スティーブン・トロクさんという人に会って方向が決まったと聞いたことがありますトロクさんは、司馬さんの『街道をゆく25　中国・閩《びん》のみち』の登場人物にもなっている。五六年のハンガリー動乱のとき、ブダペスト大学の法学生だったトロクさんは弾圧と闘い、やがて海外に亡命した。アメリカで物理学を学び、京大で西田哲学を勉強しているときに司馬夫妻と知り合う。

司馬さんは書いている。

〈学問が目的でなく、母国へ帰る時間待ちだということだった。さらにあかるく笑って、いずれは国に帰って大統領になるんだ、ともいった。思わず私は大笑いしたが、そのころ『竜馬がゆく』を書いているときだったから、（竜馬というのは、こういうあかるさをもった男だったのではなかったか）と思ったり、さらにはかれからうけた印象が、幕末の情勢やその時期の奔走家を考える上で役立ったりもした〉

トロクさんはその後、シェル石油に勤め、さらに国連に勤務した。司馬夫妻との交流は続いた。司馬さんが亡くなって約九カ月後には東大阪を訪ね、みどりさんと対談もしている。みどりさんはいう。

「トロクさんはたしかに魅力的でした。ミステリアスで、セクシーで、いかにも若い女の子を夢中にさせるところがあった。魅力がなければ時代は動かせないものね。竜馬のことばかり考えていた司馬さんにすれば、トロクさんを見て、脱藩と亡命が結びついたんでしょう」

さて、『竜馬』の最終回の日を、窪内さんはよく覚えている。

「次々に読者から電話がかかってきまして、鳴りやみません。翌日も電話は続き、応援を頼みました。司馬さんの思いはしっかり伝わったと思いましたね」

窪内さんは最後に、高知市桂浜にある「高知県立坂本龍馬記念館」の話をした。ここは県外からの来館者が絶えない。

「以前館長を務められていて、お亡くなりになった小椋克己さんから伺ったことがあります。県外からの来館者の二割ぐらいは、聞いてくるそうですよ。『寝待《ねまち》ノ藤兵衛の墓はどこですか』って」

寝待ノ藤兵衛は『竜馬』には欠かせない登場人物。竜馬に惚れ込んでしまう盗賊で、「世間で大仕事をするほどのひとは、手下に泥棒の一人はかならず飼っていたもんだ」と竜馬を口説く。押しかけ子分になり、結局は勤王のために働くことになるのだが、この人物は司馬さんが創ったフィクションの世界の住人。墓を探すのはそもそも無理なのだが、それだけ読者の印象は強いということだろう。

「司馬さんは『小説はおもしろくなくてはいけない』と、ずっとおっしゃっていました。しかしおもしろすぎるのも罪ですわ」

と、窪内さんは微笑んでいた。

「高知県立坂本龍馬記念館」は九一年に完成した。十一月十五日の龍馬の誕生日に開館し、二〇一二年一月十三日までに三百十四万五五百八十二人が来館した。地上二階地下二階、太平洋を眼下に見下ろすことができる。龍馬関係の約二千冊の書籍や数多くの手紙も展示されている。学芸員の三浦夏樹さんがいう。

「普通の歴史博物館はある程度、中高年の方が中心になると思いますが、ここは本当に特殊なんです。圧倒的に二十代、三十代が多いですね。車で来られる人はほとんどが若い世代です。女性も多いですね」

子供も多い。

二〇〇五年の夏に静岡県から深夜バスに乗って一人でやってきた小学六年生の男の子、リョウマ君は館内でちょっとした話題になった。

「漢字はわからないんですが、『リョウマ』と名乗っていました。朝十時半くらいに着き、午後三時くらいのバスで帰るという。それなのにリョウマ君は焦るそぶりもなく、アニメを見て、それから海をじっと見てました。茫洋として、龍馬もあんな子だったんでしょう」

三浦さんは、来館者に龍馬の手紙をじっくり読んでほしいという。

「龍馬の手紙について、司馬さんは『精神の肉声』と表現されていますけど、そのとおりだと思います。龍馬の人柄がにじみ出ていますし、考え方もおもしろい。貴重な手紙はうちの中心的な展示になっていますからね」

手紙を読むだけではなく、来館者たちも手紙を書く。

「拝啓　龍馬殿」

と書かれた紙が置かれていて、来館者は思い思いに手紙を残していく。開館時からの手紙も保存されていて、すでに一万通を超えているそうだ。自由に閲覧できるようになっていて、二〇〇六年正月に二十歳になった女性の手紙がなんとなく心に残った。

「今日は私の成人式なのにもかかわらず、龍馬サンに会いに来ました。私は龍馬サンと一緒の高知出身って言うのを誇りに思います。高知ってなんちゃぁないケド、龍馬と一緒の海を見れるだけで幸せです」

半平太との分かれ道

『竜馬がゆく』の前半はもっぱら剣術修行だった。

高知の日根野《ひねの》道場で目録をとり、江戸の名門、桶町千葉道場で北辰一刀流《ほくしんいっとう》を学ぶ。泣き虫の劣等生は剣の力で世界を切り広げた。やがて江戸でも名を知られるようになる。

そんな竜馬の盟友に武市半平太（一八二九〜六五）がいた。六歳年上で、学問にすぐれ、腕も立つ。鏡心明智流《きょうしんめいち》の皆伝を受け、江戸の三大道場のひとつ、桃井道場の塾頭となり、土佐の青年たちの尊敬を集めていた。

もっとも竜馬は、親しみをこめて「あぎ」と呼ぶ。

あぎとは土佐弁で顎《あご》のこと。武市半平太はハンサムだが、やや顎が張っている。半平太は口の悪さに閉口したものの、怒りはしなかった。二人は仲がよかったし、早くから竜馬に英雄の素質を感じていたのは、半平太ひとりだったのかもしれない。

二人が土佐の子育ての見本になっていったと、『竜馬がゆく』にはある。大人たちは出来のいい子供のさらなる進歩を願い、

「半平太を見ならえ」

と、いい、一方、あまり望みのなさそうな子も「竜馬」で励ました。

「よいか、あの本町筋一丁目のはなたれでさえ、千葉道場の塾頭にまでなれたのじゃ。自分を見棄《みす》てずに努めるんじゃぞ」

〈武市は秀才の代表、竜馬は鈍才のあこがれというわけであった〉

と、司馬さんはまとめている。

二人の故郷を歩くとき、龍馬研究会会長で土佐史談会理事の岩崎義郎さんに案内してもらった。岩崎さんはボランティアガイド歴二十年以上の草分けで、マリンブルーのユニホームがよく似合う。

龍馬の誕生地、本家の才谷屋《さいたに》、日根野道場、半平太が開いた道場、岩崎弥太郎が学んだ塾などを歩く。どれも残るのは碑や案内板だけ、あるいは何もないかだが、岩崎さんの話には、それを補ってあまりある臨場感がある。さらに足が速い。八十二歳とは思えぬスピードで、山道では完全に置いていかれてしまった。

「話したいことがたくさんあるから、つい早足になります」

多い年で約八十回もガイドに歩く。

「龍馬は半端じゃなく詳しいファンが多いので、勉強もせないかん。それで脳も活性化します。しかし『竜馬がゆく』の世界と本当の龍馬は違う。龍馬が桂小五郎と江戸で試

坂本龍馬生誕地周辺。
高知が詳しい司馬さんには、はりまや橋近くにお気に入りの喫茶店があった。

合をして勝ったのもフィクションですね」

半平太に頼み込まれ、藩の名誉を代表する個人の勝ち抜き戦に竜馬は参加する。相手は長州の俊英、桂小五郎だった。

一本目は竜馬が勝ち、二本目は逆に「胴あり」で敗れる。そして勝負の三本目、桂がみせた一瞬のすきを見逃さず、竜馬は鋭い鉄砲突きを決める。半平太は大喜びで故郷の父に手紙を書いたと、司馬さんは書いている。

「もし坂本負け候ときは、野生《じぶん》の順番と相成候処、幸ひにして天下に恥をさらさざるはこの上の幸せに候。あまりの嬉しさに、拙画をもつて御覧に供し候間、御一笑下されたく」

この手紙はほかの本にも紹介されてい

る。しかし、どうも後世の人が作ったニセの手紙らしい。龍馬研究の先駆者、平尾道雄さんの著書『龍馬のすべて』（高知新聞社）によると、日付がおかしいという。書いたとされる一八五八（安政五）年の前年、半平太は江戸を離れている。ほかにも時代に合わない用語や人名がみられ、

「当然この手紙は疑われなければなるまい」

と書いている。平尾さんは、龍馬と桂の試合についての別の文書も見たが、やはりニセだったという。

司馬さんは平尾さんと親交があり、著書も愛読していた。この話を聞いていた可能性は高いが、作品に手を加えてはいない。龍馬の剣豪ぶりを優先したのだろうか。それにしてもニセの文書が出回ること自体、龍馬の特殊な人気を物語っている。

岩崎さんはさらにいう。

「竜馬ファンの人からはよく、『お田鶴《たず》さんゆかりの地はありますか』と聞かれますね」

『竜馬がゆく』のヒロインの一人として、土佐藩家老の姫「お田鶴さま」が登場する。田鶴もまた竜馬に好意を寄せ、京に滞在中に料亭「明保野《あけぼの》」で会うことになる。

〈骨のズイから竜馬はお田鶴さまのような勝気で利口で節度立った女性が大すきだった。

（可愛ゆいぞ、のう）

叫びだしたいような気持であった〉

田鶴にはモデルがいる。平井加尾《かお》という女性で、家老の娘ではなく、半平太や龍馬の同志だった藩士、平井収二郎の妹だった。二〇一〇年のNHK大河ドラマ「龍馬伝」では広末涼子が演じた。司馬さんは「坂本龍馬と怒濤の時代」（『歴史のなかの邂逅5』所収）で、加尾、そして龍馬の独自性を語る。

加尾は美人で才気もある。京都にいたときに龍馬からラブレターをもらったことがあるとしたあと、

〈お加尾さんが兄収二郎に相談すると、「学問がないきに」気をつけろといっている。これは非常に名誉なことで、観念論哲学、道学を身につけてないということなのです。私が『竜馬がゆく』を書こうと思ったときに、一番龍馬に感動した点は、ここだったので、これが芯になっています〉

普通の学問にしばられない頭の龍馬がいて、それを慕う加尾がいたのかもしれない。もっとも『竜馬がゆく』では、その自由な頭脳の竜馬を、優等生の半平太がしばしば教育しようとする。

半平太は時勢を語り、全国に広がる尊王攘夷運動の大切さを語る。しかし竜馬は関心を示さない。イデオロギーの世界が合わないのだ。

江戸から高知に帰ると、絵師河田小龍《かわだしょうりゅう》の寓居を訪ねている。小龍は狩野派の絵師だが、高知にありながらも世界情勢に詳しい。

〈攘夷論者をあざけり、日本は開国してどんどん外国の文物をとり入れねばならぬ、といっている。（略）武市がきらっているのは、この点である〉

竜馬ははるばる黒船でやってくる「西洋」が知りたい。小龍の語る西洋事情を聞くにつけ、攘夷どころの騒ぎではないと思うようになった。

少しずつ、二人は離れていく。

「おンしァ、武士ではないのか」

と半平太がいえば、

「坂本竜馬じゃ」

と、ケロリと答える。

〈武士であるとか町人であるとか、そういうものはこの世の借り着で、正真正銘なのは人間いっぴきの坂本竜馬だけである、と竜馬は思っている〉

産経新聞で『竜馬がゆく』の担当者だった窪内隆起《たかおき》さんは、龍馬と半平太について、司馬さんからこんな話を聞いたことがある。

「小説にするとき、武市を主人公にする気はないなあ」

と、司馬さんはいい、さらに、

「ある意味でやで、と前置きされ、龍馬は土佐人っぽくないと。土佐弁で『あんたの考えを聞かせてつかあさい』というのが龍馬。自分がこうと思ったら頑として聞かない、いごっそうタイプが土佐には多く、武市がそうだとおっしゃってましたね」

攘夷運動の高まりのなか、半平太は一八六一（文久元）年、土佐勤王党を結成。同志を募り、合計百九十二人が署名した。半平太の狙いは「全藩勤王」にあった。藩にはびこる因循姑息な佐幕派をのぞき、土佐一国のすべてを尊王攘夷の義軍に仕立て上げる。やがて参政、吉田東洋の暗殺を企てる。

竜馬は反対する。

「全藩勤王などは理想だが不可能なことだ。むかしから理想好きはお前の性分じゃ。完全を望み、理想を追いすぎる。それを現実にしようと思うから、気があせる。無理な芝居を打たねばならんようになる。かならず崩れ去る」

藩など捨てろと竜馬はいうが、半平太は藩が発想の源にある。

ついに参政の吉田東洋暗殺を実行に移す。半平太は一時的に政治の実権をにぎり、十七歳の藩主豊範《とよのり》をかつぎ、兵を率いて京にのぼる。諸藩をおさえ、尊王攘夷を叫ぶ志士たちのリーダー格へのぼりつめる。

一方、竜馬は脱藩を選ぶ。

〈武市は観念論者である。竜馬は実際主義者であった〉（『竜馬がゆく』）

独自の道を模索し、半平太とは袂《たもと》を分かつことになる。

岩崎さんは高知市仁井田にある半平太の生誕地も案内してくれた。

田園を抜け、半平太の雅号からとった「瑞山《ずいざん》橋」を渡ると、斜面にぽつりと立つ民家が生家だ。中庭の奥にある母屋が、半平太が住んでいたころの建物だという。いまでも人が住んでいて、表札には「坂本」と書かれている。

司馬さんもこの生家に取材に来ている。昭和三十八年早春のことで、

〈この屋敷はこんにちも残っている。（略）もちぬしは変わっていて、表札に、坂本、とあった。竜馬の坂本家とは無縁で、偶然の同姓らしい〉（『竜馬がゆく』）

五十年近く前に、司馬さんもこの、のどかな生家の前に来ていたことになる。緻密な取材を重ね、大胆なフィクションを駆使し、司馬さんの〝竜馬〟は成長してゆく。

岡田以蔵の迷い道

高知市のボランティアガイドの長老、岩崎義郎さんは多くの人を案内してきたが、なかでも島根県から来た中学三年の男の子が印象深い。二〇〇〇年頃の話で、岡田以蔵《いぞう》に関する場所に案内してほしいという。以蔵が少年時代を過ごした辺りや通っていた武市半平太の道場跡などを案内し、さらには龍馬ゆかりの場所にも誘ったが、彼はきっぱりいった。

「ぼくはそんなの関係ない。岡田以蔵だけでええ」

さすがは以蔵ファン、「関係ない」の一言で龍馬を切り捨てた。その簡潔な言葉には、岩崎さんも驚かされたという。

「以蔵のものと伝えられるピストルがある家に連れていくと大喜びでした。あとでお母さんからお礼の手紙をもらいました。以蔵に会いに行くため、新聞配達をしてお金をためたそうです。いまどうしてるでしょう」

土佐藩士、岡田以蔵（一八三八〜六五）は、龍馬と半平太を描く小説やドラマにはよく登場する。かつて以蔵を演じたのは勝新太郎、萩原健一、哀川翔、反町隆史など。やはりアウトローのにおいがする。NHK大河ドラマ「龍馬伝」で演じたのは佐藤健《たける》。大森南朋《なお》が演じる師匠の半平太に心酔しきっている。

司馬さんも以蔵には注目した。

短編「人斬り以蔵」を書き、『竜馬がゆく』でも重要な脇役として登場させている。まず、竜馬が高知を出て江戸に向かうとき、大坂・高麗橋で辻斬りに襲われる。斬りかかった相手の顔を見た竜馬はいう。

「おンし、岡田以蔵ではないか」

事情を聴くと、以蔵は泣きそうな顔で言い訳をした。

「坂本さんとわかっておれば、斬りかけはせんじゃった。金を無心しちょります」

国に帰る途中で旅費が尽きたという。同情した竜馬は以蔵に金を渡すが、自分が金持ち面をしたようで後味が悪い。しかし、竜馬ファンの盗賊、寝待《ねまち》ノ藤兵衛が笑う。

「あのだんな、実は遊里で金を使い果たしたのさ。いまごろ風呂酒で遊んでいるだろう」

と聞くと、竜馬も笑いだす。

「以蔵め、そいつは面白かったろうな」

この話はもちろんフィクションだが、明るい竜馬とそれを慕う以蔵、さらには酒と女に弱い以蔵の末路を暗示している。

もっとも、以蔵にとって、まずは武市半平太だった。
半平太の道場で剣を学び、さらには江戸の剣術修行、九州武者修行にも同行している。
しかし半平太は勤王の志士として飛躍していくが、以蔵の存在はずっと従者のままだったようだ。司馬さんは書く。
〈以蔵には、学問も智恵もない。
ただ、師匠武市への盲従だけがある。いや武市半平太の勤王攘夷宗の狂信徒といっていいか〉
半平太が土佐の代表格となり、京都政界の花形として活躍すると、以蔵も闇の世界で名が知られるようになる。敵対する土佐藩士や、京都町奉行所の役人、邪魔になった勤王側の同志などの暗殺に加わったという。その多くは半平太の示唆があったとされ、竜馬は憂えていた。
〈(半平太のために惜しむ)
とおもっていた。暗殺もまた政治行為の一つにはちがいないが、古来、暗殺をもって大事を仕上げた人物はいない〉
そして、すっかり人斬りとなった以蔵も心配だった。
〈眼だけは凄い。そこだけは獣のように油断なく光っていて、微笑でかくそうにも蔽《おお》いきれない異様さがあった。殺戮《さつりく》者特有の眼である〉

竜馬はそんな以蔵に、開国論者である勝海舟の用心棒をしろという。

反射的に以蔵はいった。

「あっ、奸賊《かんぞく》ではありませんか」

尊王攘夷を標榜する立場からすれば、勝はターゲットだったが、以蔵はその役割を引き受けている。

〈実のところ、以蔵のような無学者にとっては、師匠の武市半平太はちかづきにくい存在であった。

それよりも、（略）師匠の友人の竜馬のほうが、親しみがもてる〉

さっそく勝の護衛をし、襲ってきた三人のうちの一人を切り捨てている。この話は勝が戊辰後によく語った。その早業に感心しつつも、人斬りはよくないと説教し、

「私がいなければ先生の首は飛んでいましたよ」

と、以蔵に逆襲されたという。

龍馬は勝を救うと同時に、以蔵も救おうと考えたのかもしれない。しかし、その後も以蔵は修羅の道を歩き続けることになる。

もっとも、龍馬研究者の小美濃《おみの》清明《きよはる》さんは、以蔵には別の青春もあったのではないかと考えている。『坂本龍馬と竹島開拓』（新人物往来社）などの著書があり、ムックの『龍馬旅』（交通タイムス社）に、「人斬り以蔵の素顔」という原稿を書いている。

「無学で教養もなく、斬りまくったというイメージが強いですが、それだけではないですよ」

半平太と九州修行に行ったときは二人旅だった。

「どこに行って誰に会ったという細かい記録は、従者の以蔵が残してるんです。さらには西洋砲術にも関心があったようですね」

土佐藩の西洋砲術師範、徳弘孝蔵にも以蔵は入門している。

「門人帳には、『郷士岡田義平　義平世倅　以蔵』とあります。親子で入門し、大砲を勉強していたわけです。何丁も先の目標に砲弾を当てるためには、測量や数学の知識が必要になる。以蔵は案外、理数系だったのかもしれません。龍馬も佐久間象山に砲術を学んだあと、徳弘塾に入門していますから、二人は同門ですね」

以蔵がそのまま理数系の人生を歩いていれば、命を救われた人も多かったわけだが、小美濃さんは書いている。

〈純粋に西洋砲術を学んでいた青年が、その後、人斬り以蔵と言われる暗殺者に変わっていく。そこに幕末という時代の激しさと、運命に翻弄される以蔵の悲劇がある〉（「人斬り以蔵の素顔」）

やがて勤王のスターだった半平太、そして以蔵の運命は急変する。

一八六三（文久三）年、江戸で隠居中の前土佐藩主、山内容堂《ようどう》が帰国、半平太らを弾圧した。容堂はもともと公武合体派で、半平太の活躍を苦々しく見ていた。長州が京都で勢力を失うのを見定め、半平太ら土佐勤王党の幹部をいっせいに逮捕している。半平太は逮捕される前につぶやいた。

「竜馬は、どうしちょるかのう」

土佐勤王党が崩壊し、龍馬が最後の希望として残ったのだろう。

そのころ以蔵は土佐にはいなかった。短編「人斬り以蔵」では後半部分で、半平太と以蔵の対立を描いている。

〈武市という一人の飼いぬしから切りほどかれることによって、他藩士とひろくまじわる志士になったつもりでいた。

（いつまでも、この師匠の下僕ではない）〉

以蔵は京都に残る道を選ぶが、状況は悪化していく。

〈注文主は、すべていなくなった。以蔵の稼業も、文久二年から三年までわずか一年余というはかなさで、終った〉

暗殺の依頼主だった長州藩が追放され、薩摩藩は会津藩と手を結んで佐幕に転じた。半平太の逮捕の話も聞いているので、土佐藩邸に行くこともできない。以蔵は逆に新選組や見廻組を恐れる立場となる。「人斬り以蔵」では好きだった茶屋にも行けず、女に捨てられ、刀まで売る。その後、つまらないけんかがもとで、京都の町奉行所に捕まってしまう。

「土佐藩士岡田以蔵である」

と申し出たが、土佐藩からは「左様なものはおりませぬ」と返事をされた。「無宿人」という扱いで入れ墨追放されたところ、土佐藩士が待ち構えて、土佐に送られる。

「こんな馬鹿なことがあるか」

以蔵は叫んだ。以後は、半平太が示唆した暗殺の生き証人として、激しい拷問にあっている。結局、武市半平太は、罪状否認のまま切腹となり、以蔵は自供ののち、斬首獄門にかけられた。半平太三十七歳、以蔵二十八歳の若さだった。

以蔵の墓は高知市の真宗寺山の一角にある。ガイドの達人、岩崎さんと一緒に登った。

「牢獄で、以蔵の自供を恐れた半平太が毒薬を飲ませたが、効かなかったといわれています。あれはフィクションですな」

と、岩崎さんはいう。

岡田家の墓が並び、そのなかに以蔵の墓もある。花で彩られ、純米酒「岡田以蔵」が何本も置かれている。

少しホッとした。

生きているときはいろいろつらかったが、いまはファン差し入れの酒を楽しんでいるようだった。

平井加尾への手紙

司馬さんが一九七四（昭和四十九）年五月に書いた随筆に「土佐の女と酒」（『古往今来』所収）がある。龍馬にまつわる土佐の女性たちが登場し、司馬さんは静かにまとめている。

〈土佐女性の名声のために言っておかねばならないが、日本のどの土地にも見られないかもしれないような痛快淋漓《りんり》とした色気があるように思えるのだが、どうであろう〉

痛快で滴るような色気をもつ女性ということらしい。例として、司馬さんは龍馬の初恋の女性とされる平井加尾《かお》（一八三八～一九〇九）を挙げている。

〈加尾は、伝承ではよほどの美人だったらしい。

「平井の加尾さんは雀斑《ヨミアザ》がおありじゃったが、小柄なベッピンじゃったげな」

と、十五、六年前、土佐の故老にきいたことがある〉

そばかすがご愛嬌だったようだ。土佐の郷士の家に生まれ、兄には土佐勤王党の幹部として武市半平太を支えた収二郎がいる。

ＮＨＫ大河ドラマ「龍馬伝」では加尾を広末涼子が演じたが、『竜馬がゆく』では趣向が凝らされ、土佐二十四万石の家老の家に生まれた「お田鶴」として登場している。

連載が始まる前、司馬さんは龍馬研究家の平尾道雄さんに相談したようだ。平尾さんの随筆「歴史と文学」にそのときの司馬さんが登場する。

「龍馬の理想とする女性像を描いてみたい。平井加尾を考えてみたが、これは実在の女性なのでさしつかえがあるかも知れませんね。で、家老の福岡宮内《くない》の妹という女性を設定してみた。妹があるかどうかは知りませんがね。どうでしょう」

平尾さんは即座に、

「創作でしょう。創作にはフィクションが必要ですね。けっこうじゃありませんか。あなたの龍馬を創作することですね」

といい、

〈司馬氏は「それで安心」と、にっこり笑った〉

こうして生み出されたお田鶴が、『竜馬がゆく』では彩りを与えていく。城下では「かぐや姫のよう」と噂される神秘的な美女なのに、将来が全く未知数で、鋭いのか鈍いのかよくわからない竜馬に関心を持つ。坂本屋敷をわざわざ訪ね、お田鶴がいう。

「竜馬どののことを思うと、夜もねむれないことがあります」

〈利口なひとだから、お田鶴さまはくっくっ笑いながら冗談めかしくそんな重大なことをいう。

（ほんとかな）

つい竜馬は用心しながらも真顔にもどった〉

かけひきめいたやりとりが続き、お田鶴はさらにいった。

「あす、戌《いぬ》ノ下刻（夜九時）屋敷の裏木戸をあけておきますから、忍んでいらっしゃいませんか？」

結局、邪魔が入り、小説の二人が結ばれるのはもう少しあとになる。

実際の加尾はどんな女性だったのだろう。「高知県立坂本龍馬記念館」の三浦夏樹さんに聞いた。

「平井家と坂本家は同じ下士で家も近く、加尾は龍馬の姉の乙女と一弦琴の稽古友達でした。加尾は龍馬よりも三歳下で、特別な関係だったようですね。そう思わせる乙女あての手紙ものこっています」

三浦さんは笑っていう。

「それにしても龍馬の女性の好みは首尾一貫しています。みな同じようなタイプで、活発で気が強い感じがしますね」

寺田屋で幕吏に取り囲まれた龍馬を救うため、風呂から裸で飛び出したおりょうもいれば、江戸で剣術修行した千葉道場の「鬼小町」、千葉佐那もいる。二人とも土佐弁でいう「ハチキン」（お転婆）だが、加尾も負けてはいない。

加尾は京都にのぼり、三条公睦《きんむつ》（実美《さねとみ》の兄）に嫁いだ山内容堂の妹の女官となる。一八五九（安政六）年から四年ほど激動の京都で暮らした。三条家をバックにして、加尾は次第に勤王の〝闘士〟となっていく。京都で居場所がない土佐藩、諸藩の勤王家をたすけたようだ。

〈そういう者が加尾を頼って三条家に来ると、加尾は衣服を買ってやったり、当座の生活費をあたえたりしていたという〉（「土佐の女と酒」）

そんな加尾に、龍馬は〝ラブレター〟を出している。脱藩直前の一八六一（文久元）年九月だった。

「先《ま》づ〳〵御無事とぞんじ上《あげ》候。天下の時勢切迫致し候に付、

一、高マチ袴

一、ブツサキ羽織

一、宗十郎頭巾

外に細き大小一腰各々一ツ、御用意あり度《たく》存上候」

男装をすすめる異様な手紙で、司馬さんは書いている。

〈（いっそ、加尾と手に手をとって奔走してみようか）

と、竜馬の思案は飛躍したのにちがいない。それには、加尾を男装させるにかぎる〉

「龍馬伝」では兄の収二郎（宮迫博之）が怖い顔をして二人の恋路を邪魔したが、実際の歴史でもそうだったようだ。龍馬の脱藩を知った翌日、収二郎は加尾に急報している。

「坂本龍馬、昨二十四日の夜亡命、（略）たとへ龍馬よりいかなる事を相談いたし候とも、決して承知致すべからず」

三浦さんはいう。

「収二郎は武市の懐刀の一人で、京での土佐勤王党の働きを指導していました。暗殺の指令を出していたのも武市ではなく、収二郎ではないかと考えています。加尾にあてた手紙で、龍馬は人物だが、書物を読まないから間違いをおこしやすいとも書いています。秀才で勤王一途な収二郎にしてみれば、異端児の龍馬は危なっかしかったのでしょう」

手紙の一年後、加尾は土佐に帰っていく。京都を去るとき、武市や収二郎があつまっての送別会があり、その席で加尾は武市に〝説教〟されている。明治後の加尾の聞き書きとされる「涙痕録《るいこんろく》」には、武市の言葉が記録されている。

〈近頃高知よりの便に聞けハ勤王家の女史の風儀甚たよろしからず、長刀遣ひ或ハ男ニ等しき力業をなし兎角にあらゝゝしきハ女の道にあるまじき挙動なり、深く戒め玉ワれとのことなりし〉

武市も心配するほどの女丈夫だったようで、やはり龍馬のタイプだったのだろう。

土佐に帰国後、加尾の人生は激動する。

公武合体派の容堂の逆鱗《げきりん》にふれ、収二郎は土佐へ護送され、一八六三（文久三）年六月に切腹となる。その後、武市も切腹し、土佐勤王党は壊滅してしまう。

加尾にとって悲劇だったが、一方でロマンスの縁ともなった。収二郎らを護送した一人が西山志澄《ゆきずみ》（一八四二～一九一一）で、三年後に加尾と結ばれる。「高知市立自由民権記念館」の今井章博さんはいう。

「平井収二郎と西山志澄は土佐勤王党の同志で、護送のときに加尾と結婚して平井家を継ぐよう頼んだのかもしれませんね。西山は収二郎の助命嘆願をするなど男気のあるタイプで、見込まれたようです」

あれほど龍馬を邪魔にした収二郎だが、実は見る目があったようだ。

西山はその後、戊辰戦争に従軍、板垣退助に見込まれていく。

明治後には自由民権運動の幹部となった。高知の自由民権運動のメッカだった立志社の社長をつとめ、衆議院議員にもなり、板垣退助が内務大臣となった隈板《わいはん》内閣では警視総監にもなっている。加尾もまた、民権運動にかかわり、一八八九（明治二十二）年に結成された高知県婦人会では、高知市委員の一人に選ばれた。

「高知では龍馬の甥の坂本直寛《なおひろ》が自由民権運動の中心的人物で、明治十三年に上町町会でほんの一時期ですが、女性の参政権を実現しています。当時としては画期的な出来事で、記録には現れませんが、おそらく加尾も活躍していたでしょうね」

と、今井さんはいっていた。

夫妻はともに明治四十年代まで生き、加尾は七十二歳で死去。娘に平井家を継がせ、東京の青山墓地で西山家の墓に眠っている。

一九四一（昭和十六）年に高知県女教員会が編纂した『千代の鑑』にも、加尾は登場している。賢夫人だった山内一豊の妻、千代がタイトルとなった本で、高知の著名な女性の一人として登場している。

もっとも堅苦しい本ではない。

青春のエピソードとして、龍馬から男装をするようにと手紙をもらった話も紹介されている。

加尾が晩年に語った「涙痕録」にも、龍馬が手紙に書いた羽織と袴地、大小の刀を実際に用意していたことを語り、

「兄へ龍馬書翰《しょかん》の事ハ告げず」

と、収二郎には内緒だったことも明かしている。

せっかく用意していたのに龍馬は現れなかった。つれない男なのである。もっとも再会が果たせなかったことについて、加尾は語っている。

「一生涯遺憾に思ふ所なるべし」

数十年後まで想われ、龍馬もって瞑すべしではないか。

龍馬に似た男たち

龍馬が幕末維新の舞台に躍り出たのは、一八六二（文久二）年に脱藩してからになる。このとき二十八歳で、高知城下から伊予（愛媛県）をめざした。司馬さんは『竜馬がゆく』で書いている。

〈脱藩とは、登山のようなものだ。とくにこの土佐のばあいは。この国の北には、四国山脈の峻嶮が、東西に走っている。国外に出るのはすべてその山越えになる〉

佐川町、葉山村（現・津野町）、檮原《ゆすはら》町などを通る約百三十キロの行程で、なにしろ山道が多い。司馬さんも一九八五（昭和六十）年の「檮原街道」（『街道をゆく27　因幡《いなば》・伯《ほう》耆《き》のみち、檮原街道』所収）の取材でほぼ同じルートを歩いている。文章から、司馬さんの気合が伝わる。

〈この紀行は、最初、「脱藩のみち」という小見出しをつけるつもりだった。（略）吸いこまれそうな大ぶりな谷を見おろしつつ、かれらは尾根みちをへて檮原に近づいて行ったのである〉

幕末の土佐名物だった脱藩。脱藩者のほとんどが郷士《ごうし》か、それ以下の身分の人が多かった。

〈かれらは、関所を脱け出て数歩でも伊予領に入ると、申しあわせたように、「これからは、オラ・オマン（おれ・おまえ）でいこう」と言いかわしたといわれる。（略）この申しあわせほど、土佐人の自由と平等へのあこがれを感動的にあらわしたことがらはない〉

龍馬が脱藩したのは三月二十四日。その日を記念するイベント、「歩こう維新へ脱藩の道 健康ウォーキング葉山街道」に二〇〇六年に参加した。主催は「葉山龍馬を愛する会」で県内から六台のバスで佐川町の「佐川龍馬神社」前に集まってきた。参加者は約二百人。佐川から葉山までの約十二キロの山道をひたすら歩く。

着物姿の人がちらほらいる。

「『おらが龍馬だ』コンテスト」の出場者たちで、いちばん龍馬らしい人には「龍馬大賞」が贈られる。

九六年の大賞受賞者、藤田威佳志《いかし》さんは瑠璃色の紋付き袴姿で、脇差しを二本差している。颯爽《さっそう》と見えたが、実はつらいそうだ。

「二本とも模造刀なんですが、真剣のように重いんです。重くて腰がすれて痛いし、わらじも慣れてないきに、力を入れんと歩けんのですよ」

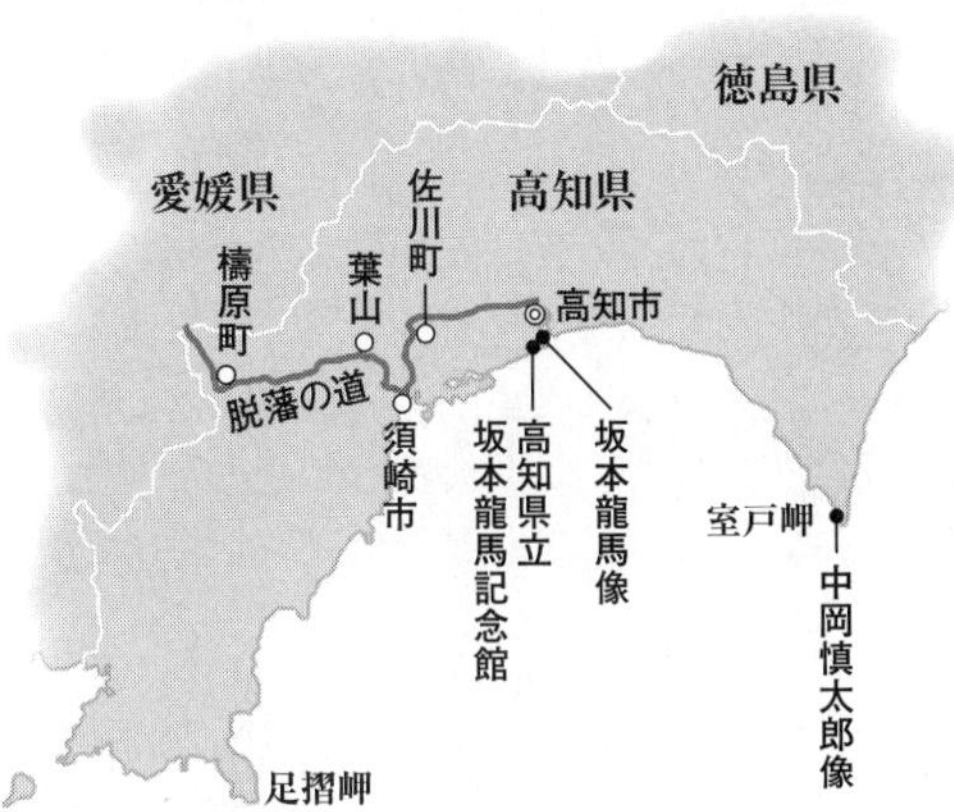

土佐から伊予への脱藩の道
途中の難所「檮原街道」を司馬さんも『街道』で訪ねた。

よく見ると髷《まげ》もカツラではない。

「この大会に出るためにずっと髪は切らないようにしてます。今朝早く起きて、二十五歳の娘が結ってくれました。嫌々かもしれませんが」

コースの最高所、朽木峠から道は下りとなる。杉林が鬱蒼《うっそう》と続き、空気もひんやりとしてくる。地元の「炭焼きのシゲさん」こと川村繁さんが教えてくれた。

「ここは須崎に敵が来たときの逃げ道じゃったがよ」

敵とは米軍のこと。第二次世界大戦末期、須崎市に米軍が上陸する事態を想定したという。

「兵隊さんが来て、村の女や子供が奉仕して、カズラを切ったりしてな、二メートルくらいに広げたがよ」

江戸時代の脱藩の道は、昭和の「軍道」になりかけたことになる。

午前九時半にスタートし、終点の旧葉山村の「かわうそ自然公園」に到着したのは午後三時前。龍馬の歩いた距離の十分の一にも満たない距離だが、ヘトヘトになった。ボランティアの人が差し入れてくれた文旦にかぶりつき、龍馬を思う。

タフな龍馬はここからさらに檮原に行き、伊予へと向かう。檮原では、郷士、那須俊平の家に泊まり、十八歳の娘、久代に給仕をしてもらった。「檮原街道」にはその場面がある。

〈「坂本竜馬という人とほかに一人が那須家に泊まられた。一晩じゅう酒を飲み、そのお酌をさせられた。大変はずかしかった」という。（略）「大変はずかしかった」という感想は、さまざまに情景を想像させる。竜馬はおそらく娘っ子の目からみても、好漢だったのであろう〉

脱藩のみちから高知市に戻り、全国龍馬社中会長の橋本邦健《くにたけ》さんに会った。〇六年で全都道府県はもちろん、パリやサンフランシスコなどの海外も含め百十六支部がある。会員は一万二千人を超える。橋本さんはそのトップで、高知市内だと「龍馬さん」と呼ばれることが多い。

「昔は髪を伸ばし、袴姿で刀差して歩いちょったからね」

橋本さんは龍馬になりきる人としては、おそらく草分けだろう。単に龍馬ファンということではなく、ちゃんと理由もある。

龍馬生誕百五十周年の八五年の前年、橋本さんは高知市商工会議所の青年部筆頭副会長になった。

「桂浜の銅像だけじゃ、龍馬の精神を具現するのはちょっと無理ぜよ」

と、「坂本龍馬記念館」の建設を提案したところ、十二団体約千三百人の青年が賛同してくれた。募金目標は十億円と決まった。

「高知県人は論議好きで、場所決めるだけで三年、形を決めるまでにまた三年と、時間ばかりがかかる。私は龍馬方式で、走りながら考えることにしました。むちゃくちゃだが、建てる場所さえ決めずに奉加帳を持って皆で走ることにした。なかでも提案者の私は、一歩も下がらんと決めた」

決意は形で示すことにした。記念館ができるまで髪は切らず、さらに龍馬の格好をして市内や県内、さらに全国行脚もはじめたのだ。

「最初は恥ずかしかったですよ。もっとも家族はもっと恥ずかしかったようだね。僕は運動が得意で、『お父さん、運動会には必ず来てね』といわれていたのに、『もうこないで』といわれて、悲しかった」

龍馬が応援席にいては、たしかに目立ちすぎるだろう。

さらに試練は続く。

八五年八月、龍馬生誕百五十年記念講演会に招かれた司馬さんは、席上、次のように発言をした。

「『竜馬、竜馬』という青年が増えたところで、坂本竜馬が喜ぶはずもないのです」

（『司馬遼太郎全講演[3]』所収、本書の一四四ページから全文を掲載）

橋本さんは例によって袴姿で、前から四列目ぐらいにいた。

「空港に迎えにいった後輩たちが、『先輩、すまん、怒らせてしまった』と青ざめてました。『みんなでつくろう龍馬記念館』といった腕章を全員が巻いてたんですが、それがどうもナチか何かのように見えたらしい。講演も厳しかったね。『最近の土佐の人間は自分に自信がないんだろうか。龍馬に頼りすぎではないか』とかね、聞いてて汗がだらだら流れ、背中が冷とうなった。身の置きどころがなくてね、早く終わってくれないかと思いましたわ」

橋本さんの思いとは裏腹に、講演はふだんよりずいぶん長く、三時間ものロングランとなった。もっとも終了後、司馬さんは産経新聞の元担当者、窪内隆起《たかおき》さんに、「ちょっといいすぎたかな」と気にしていたという。

その後、資金は四年かかって一億八千万円集まったが、まだまだ足りない。青年部の士気も落ち、橋本さんでさえ落ち込むことがあった。

「ヨットで夜中に沖に行き、酒を飲んで、『馬鹿野郎』とどなりながら、龍馬の言葉を思い出しましたね。『我なす事は我のみぞ知る』と」

本物の龍馬は、福井藩や薩摩藩から資金を集めるのが得意だったが、橋本さんもだんだんと熟練したようだ。『図説　坂本龍馬』（戎光祥《えびすこうしょう》出版）に橋本さんは「坂本龍馬記念館建設秘話」という文章を寄せた。資金集めもラストスパートのころの話を書いている。〈私は強引ともいえる金集めをしてみんなのひんしゅくを買ったこともある。ある社長さんには「わしゃ、ゆすられてのう。龍馬が来て刀抜いてのう、わしゃ殺されるかと思うてのう」と、のちのちの酒の席ですっかり肴にされてしまった〉

約十億円の資金が集まり、九一年に高知県立坂本龍馬記念館は完成した。七年切らなかった橋本さんの髪は九十センチまで伸びていて、盛大な断髪式が行われたという。

最近では、空港の愛称をつけることに尽力した。〇三年から「高知空港」は愛称が「高知龍馬空港」となった。機内などのアナウンスは高知龍馬空港になっている。これも橋本さんたちが国土交通省とさんざん掛け合って実現したという。

「『リバプール空港がジョン・レノン空港になったように、龍馬空港にならないでしょうか』と、龍馬ファンの女性から手紙をもらった。さっそく国土交通省に聞いてみると、『日本では人名は使わないことが原則です』という答え。がっかりしていたころ、不思議な出会いがありました」

高知市内の飲み屋で、ある航空会社の乗務員の男女とたまたま飲む機会があった。橋本さんが「龍馬空港」の話をすると、パイロットが目を輝かせていった。

「室戸岬の北方に『RYOMA POINT』という航空路線上のポイントがもともとあるんですよ。僕らは羽田からの最終便で高知に来たけど、RYOMA POINTあたりで高度を下げて、高知空港に入るんです。龍馬空港、おもしろいじゃないですか」

橋本さんは背中を押された気がしたという。

「これを聞いて、国土交通省に勝てると思った。それにしても、あのパイロットには、それきり会っておらんのです。僕は龍馬が会わせてくれたと思うとるけどね」

平成の龍馬さん、次に狙うのは龍馬のお札《さつ》。「あと一歩です」と、自信ありげだった。

千葉佐那との立ち合い

龍馬ゆかりの北辰《ほくしん》一刀流玄武館は明治時代にとだえ、高弟が受け継ぐかたちで再興された。

いまは東京都杉並区に道場があり、館長の小西真円一之さんが北辰一刀流宗家六世で六代目になる。道場の壁には小西さん以下約三十人の門下生の名札があるが、そのほかにも誰でも知っている名札が下がっている。

「千葉周作」
「千葉定（貞）吉」
「千葉重太郎」

開祖の周作、その弟で桶町道場を主宰した定吉は龍馬の師匠、その息子で龍馬の友人の重太郎もいる。さらに二人の看板剣士の名札が並ぶ。

「坂本龍馬」
「千葉佐那」

千葉佐那（一八三八～九六）は定吉の娘で、北辰一刀流の免許皆伝。逆胴の名手だった。NHK大河ドラマの「龍馬伝」では貫地谷しほりが演じた。

館長の小西さんは「龍馬伝」の撮影を手伝った。福山「龍馬」も指導したが、貫地谷「佐那」はわざわざ道場にもやってきた。

「撮影だけでは足りないと考えたんでしょう。誰もがするように、道場の雑巾がけもしてもらいました。二人が出会ったころ、佐那は龍馬を左右から激しく打ちすえます。『木の葉落とし』という技ですが、それをしっかり覚えてもらいました」

道場には幕末の策士「清川（河）八郎」の名札もあるが、「小倉優子」という名札もあった。テレビの撮影で入門したようだ。

「やあっ！」「とおっ！」

掛け声とともに、木刀が道場の空気を切り裂く音が鳴る。

龍馬はこの北辰一刀流で、「長刀《なぎなた》兵法目録」をもらっている。

「当時の長刀は、剣術を極めた人でないと学べなかったんです。何千人の弟子の中で目録をもらえた人間はわずかです。当然、剣の腕は相当なものだったんじゃないでしょうか」

龍馬が最初に江戸に出たのは一八五三（嘉永六）年からの約一年三カ月で、二度目は一八五六（安政三）年からの約二年だった。会うごとに佐那の思いは募る。切ない恋に生きる妹を思い、兄の重太郎はいう。
「剣術が恋人なのさ。おさないころから剣術をやって、なまじい、天分があった。（略）そこへ十九歳の竜馬が入門した。（略）ついに勝てず、それが竜馬への敬慕の気持になった。父上があの娘に剣術などを仕込まずに、女一通りの芸を身につけさせて早くひとにやってしまっておれば、竜馬などに惚れずにすんだのかもしれない」（『竜馬がゆく』）

帰国した龍馬はしばらく土佐にいたが、一八六二（文久二）年に脱藩、ふたたび江戸に現れる。この年の秋には勝海舟の弟子となった。

この間四年ほど、龍馬は佐那に会わなかったことになる。『竜馬がゆく』では、ほったらかしの怒りをぶつけて挑戦するが、すでに力が違う。竜馬はさな子（佐那）の攻撃をもてあまし、あまりしつこいので突きを入れると、さな子は気を失ってしまう。井戸で水をくんだ竜馬は、自分の口に含んで戻る。

〈「御容赦」

と、表情だけでそういって、いきなりさな子の唇に自分の唇をあて、水を流しこんでやった〉

こんなことをされてはひとたまりもなく、ますます恋心を燃やすことになる。

龍馬はこの翌年の文久三年に、高知の乙女姉さんに送った手紙の中で、佐那について書いている。

〈馬によくのり剣も余程手づよく、長刀も出来、力はなみなみの男子よりつよく〉

さらに楽器も弾け、絵も描けるなど、絶賛の嵐である。しかも、

〈かほかたち平井より少しよし〉

と、初恋の平井加尾よりも美しいとまで書いている。広末涼子が泣いてしまうが、龍馬もたしかに気持ちはあったようだ。

江戸を離れて、京都国立博物館の考古室長、宮川禎一《みやかわていいち》さんの話を聞いた。宮川さんは後述するが、「龍馬の世界」をこよなく愛する研究者である。

「龍馬と佐那は、三歳違いです。江戸に二回目に龍馬が戻った安政三年、佐那は十九歳、龍馬は二十二歳、結婚適齢期ですね。この安政三年の宇和島藩の記録に佐那が登場します。宇和島藩の姫君に剣術指導をしていて、藩主も注目する美人だったようです」

宇和島藩主の伊達宗城《むねなり》による記録『稿本藍山公記《こうほんらんざんこうき》』、そのもとになった『御手留日《おてどめにっ》記』には、佐那についての数カ所の記述がある。

「江戸には麻布と広尾に伊達家の屋敷があったのですが、両屋敷の中でいちばん器量がよい、しかも強いと書かれています。若殿だった宗徳《むねえ》とも長刀で対戦したが、佐那が勝ってしまった。『珍しき婦人なり』と感嘆しています」

当時、佐那はあちこちの大名家の屋敷に出入りして剣術を教えていた。龍馬よりも、はるかに有名人だったようだ。しかし佐那はいじらしい。

「乙女姉さんに龍馬が送った手紙には、『しづかなる人なり』『ものかずいはず』とある。しかし明治二十六年に『女学雑誌』という雑誌に掲載されたインタビュー記事によると、快活で、よく笑い、話す女性だと書かれています。人が変わったわけではなく、龍馬の前に出るとうまく話せなくなる。道場の若い男たちとガンガンやりあうくせに、龍馬にだけは恥ずかしくて話せなかったようです」

しかし恋は実らない。結局、二人が結ばれることはなかった。

「二人が結婚するということはどういうことか。それは、龍馬が婿に行くという意味だと考えられます。千葉家のお嬢さんが土佐の郷士に嫁ぐというのはありえないですよね。婿に入って、江戸で北辰一刀流の道場をやるという話だったと思います。これも龍馬の生き方とは相容れないものではないでしょうか」

と、宮川さんはいっていた。

『竜馬がゆく』では、最終的にこんなやりとりをしている。

「ずっと、坂本様をお慕いして参りました。お嫁にして頂けなければ、死にます」

「欲しいのは、自由自在な境涯じゃ。脱藩してそれを得た。女房をもらうことでそれをうしないたくない」

竜馬は紋服の左袖を引きちぎって渡した。さな子の思いに対する「感激のシルシ」だという。

〈その言葉を、さな子は、竜馬が恋をうけ入れてくれた、と受けとった。事情あってすぐさま夫婦にはなれぬが気持だけはたがいに通じあったというシルシだと解したのである〉

竜馬はそれ以上、可哀想でなにもいえなかった。すでにおりょうとも会っているのである。

佐那は明治二十六年の「女学雑誌」のインタビューで、龍馬の婚約者だったと語っている。記事の見出しも「坂本龍馬氏の未亡人を訪ふ」というもので、千葉佐那は未婚のまま未亡人になったことになる。

明治後は、学習院女子部の舎監となった。千葉家は千住に移って家伝の灸術をもとに「千葉灸治院」を開業しているが、そこで佐那も施術を行っている。晩年には警官を偽って金品を巻き上げようとした詐欺犯を撃退し、「兇賊坂本龍馬の未亡人を欺かんとぞ」と新聞記事で話題にもなっている。

司馬さんには、その後の佐那を描いた「千葉の灸」（『余話として』所収）という作品がある。

あるとき、自由民権家で知られる小田切謙明《けんめい》が、中風の治療のため、千葉灸治院をたずねた。施術をしてくれる「上品な老婦人」の身の上をきくと、千葉道場の娘で、坂本龍馬の許婚者だったという。

小田切は自由民権運動の中心人物、土佐の板垣退助と親しい。〈板垣（退助）が土佐人である関係で、坂本竜馬という人物のことは早くからきいていたし、その板垣がかつて、自由民権の先唱者的存在は自分ではなく、それ以前の坂本竜馬である、と語ったことをおぼえていた〉

これが縁になって、小田切家と親しくなる。佐那は一八九六（明治二十九）年に甲府で亡くなっている。五十九歳で、生涯独身だったという。

小田切の妻の豊次《とよじ》は佐那の墓を甲府につくっている。その墓は甲府市の日蓮宗妙清山清運寺にある。住職によると、二〇一〇年の一月に入ってから訪れる人が急激に増えたという。佐那の墓は、鮮やかに彩られた花束でいっぱいで、小さい龍馬人形が二体、飾られていた。

墓石の正面には大きく「千葉さな子墓」、側面には「小田切豊次建之」、そして「坂本龍馬室」と刻まれている。司馬さんは、「千葉の灸」に書いている。

〈さな子は生涯、竜馬の妻のつもりでいたらしいが、死後、墓碑によってその思いが定着した〉

道場の名札同様で、はかないけれど結ばれたのである。

おりょうとの出会い

京都の円山公園に龍馬と中岡慎太郎の銅像がある。龍馬が立ち、中岡が片膝を立てている。大スター龍馬の陰に隠れているが、中岡慎太郎（一八三八～六七）もまた、静かな人気がある。龍馬より三歳年下で、陸援隊隊長。薩長同盟は二人の奔走によるところが大きかった。司馬さんは『竜馬がゆく』に書いている。

〈土佐人は山岳型と海洋型にわかれているといわれる。普通、山岳型の代表的人物を中岡慎太郎とし、海洋型のそれを坂本竜馬としている〉

中岡が生まれたのは高知県東部の北川村。室戸岬が近い山あいの村で、柚子が名産品だ。「慎太郎と柚子祭り」も毎年行われていて、村のホームページには、

〈当時の北川郷（現在の北川村）庄屋見習の中岡光次（後の中岡慎太郎）が村内に自生していた柚子に目をつけ、農民に奨励したことが始まりとされている〉

とある。「中岡慎太郎館」の学芸員、豊田満広さんが説明してくれた。

「庄屋の家に生まれた慎太郎には、自分が村を背負うという決意が幼いころからあった

と思います。一八五四（安政元）年の土佐大地震で、村は大きな被害を受けますが、若き慎太郎は村のために かけずりまわっています。柚子を奨励したのもこの時期で、柚子があれば、塩がなくても魚を食べられる。貧しい村にとって貴重な換金作物でもありました」

豊田さんは大阪府八尾市の出身。一九九九年から北川村に勤めている。

「時代劇でよく月夜に行動を起こしたりするでしょう。あれがよくわかりました。月のあるなしで、夜道を歩くときは全然違うんですね」

都会しか知らなかった豊田さんはカルチャーショックを楽しんでいるようだった。

その月夜を頼りに、中岡は徹底的に歩いた。四日間で約百七十キロを踏破した記録も残っている。高知県佐川町の維新資料館・青山文庫館長の松岡司さんには、『中岡慎太郎伝』（新人物往来社）という著書がある。松岡さんはいう。

「長崎の大村湾のあたりから（佐賀の）嬉野を抜け、翌日も夜を徹して歩く。朝ちょっと会談して、また歩き、夜中には（福岡の）太宰府で会談する。志士というのはすさまじいものです。中岡はいつ寝ておるのかなあとよく思いました」

司馬さんも『竜馬』のなかで、

〈中岡は、觔斗雲《きんとうん》を持っている〉

と、表現している。

松岡さんが中岡をもっとも評価しているのはその論理性だ。

「土佐人は議論好きですが、一般的に論理性に欠ける。長州は吉田松陰などがすばらしい論文を残しているのにくらべ、土佐には見るべきものがあまりない。そんななかで、中岡は論理を構築する力を持っていた。土佐の中では抜けた存在でした」

ところで『竜馬』のなかの慎太郎といえば、まじめで、融通が利かない感じだが、松岡さんによれば、実はそうでもないという。頬杖をついていい笑顔を見せている写真が一枚残っている。

「写真を撮ったのは京都で、左半分が削り取られている写真です。左には、中岡の頬を撫でている芸者が写っていたらしい。性格的には、意外に柔らかいものがあったかもわからんです」

と、松岡さんも柔和な顔になっていっていた。

二人は京都河原町の醬油屋近江屋で非業の死を遂げる。『竜馬』ファンだったら思うことだろう。竜馬親衛隊の盗賊、寝待《ねまち》ノ藤兵衛は主人の一大事に何をしていたのかと。

しかし司馬さんはその点もしっかりと『竜馬』では押さえている。

〈例の寝待ノ藤兵衛はことしの春、竜馬と大坂でわかれてから持病の胆石が重くなり、（略）江戸へ帰ってしまっている〉

引退していたのでは仕方がない。

近江屋は河原町通にあった。その跡地の碑が建つそばには、かつては旅行代理店があり、二〇一二年一月だとコンビニとなっている。街並みが変わるなか、歴史を感じるためには想像力が必要となる。

司馬さんが文化勲章を受章した九三年のこと。その発表があった十月のある夜、京都市内のホテルでインタビューをした。勤めていた産経新聞京都支局の話や、担当していた京都大学の話となり、さらに「独創性」の話になった。物事の本質を突きつめるようになったのはいつからですかと聞くと、司馬さんは答えた。

「これはひょっとしたら性癖かもしれないですね。例えば京都大学を受け持ったときに、ここは元はなんだったろうということが気になってしまう。それが田んぼだったのか、原っぱだったか。そしたらやっぱり田んぼでした」

東山区の京都国立博物館（京博）を訪ねた。ここでは最近、龍馬の展覧会が毎年のように行われている。三十三間堂の向かいにあり、のちに赤坂離宮（現・迎賓館）をつくった片山東熊が設計した。日本中の博物館のさきがけのひとつとなった建物だが、元は何だったのだろう。前稿にも登場していただいた考古室長の宮川禎一《ていいち》さんに聞くと、

「秀吉にゆかりの深い方広寺というお寺があって、幕末のころにも大仏があり、そばには土佐出身の志士たちの宿舎があった。龍馬の手紙によれば、まかないをしていたのがおりょうとその母。このあたりで龍馬はおりょうを見初めたのかもしれません。私は京

博に『龍馬とおりょう出会いの地』という碑を建てたらどうかといってますけど（笑い）」

ユーモアにあふれる宮川さんは、もともとは新羅時代の土器の専門家。九五年から京博に勤務し、収蔵庫に坂本龍馬の遺品や手紙があるのを知った。資料が国の重要文化財に指定を受けるための調査を始め、しだいに龍馬の世界に魅せられた。人一倍熱が入ったのは、もともと『竜馬がゆく』やマンガ『お〜い！竜馬』のファンだったためだろう。

龍馬が暗殺された近江屋から寄贈を受けた血染めの屏風、紋服、坂本家からの文書など十点が、九九年に重要文化財の指定を受けた。

「それまで龍馬の資料は貸し出すばかりだったのですが、重文指定を記念して京博でも特別陳列を開こうということになった。入場者の約半数が三十歳以下の若者です」

宮川さんには龍馬の手紙について書いた『龍馬を読む愉しさ』（臨川《りんせん》選書）という著書がある。その手紙の魅力についていう。

「幕末にこれほど書ける人はいませんね。ユーモアと優しさがあり、哲学がある。立派なルポルタージュでもある。龍馬の手紙のおかげで、おりょうさんがどんな女性だったか、寺田屋で襲われたときはどんな様子だったのか、よくわかります」

司馬さんは『街道をゆく42　三浦半島記』のなかで、おりょうについて触れている。京都伏見の寺田屋に龍馬が宿泊していたとき、深夜になって奉行所の捕り方に包囲された。寺田屋に身を寄せていたおりょうが、そのとき活躍する。
〈たまたま、りょうは、風呂場にいた。窓から捕方たちの忍びよる影を見、素っ裸で龍馬たちに急をしらせた。果敢だった〉

おりょうのおかげで窮地を脱し、龍馬は愛を感じるようになる。もっとも龍馬は明治維新を前に、非業に死んでしまい、おりょうだけが残される。司馬さんはその後について書いている。

〈りょうの運命も変転した。明治後の一時期、土佐の高知の坂本家に身を寄せていたが、龍馬の姉の乙女との折りあいがわるく、ほどなく高知を去った。その後のことは、よくわからない。東京にいたという。晩年は横須賀に住み、西村松兵衛方に〝西村ツル〟としてすごした。いわば、陋巷《ろうこう》の人だった〉

龍馬の死から三十九年後、おりょうは横須賀で病没する。一九〇六（明治三十九）年のことだった。宮川さんはいう。

「小泉首相（当時）が京博に来て龍馬の遺品などをご覧になったことがあり、『おりょうさんのお墓が僕の選挙区にあるんだよ』とおっしゃってましたね」

司馬さんも横須賀市・信楽寺《しんぎょうじ》のお墓を訪ねている。

〈碑面に、「贈正四位阪本龍馬之妻龍子之墓」とある。りょうの明治後の戸籍名である〝西村ツル〟は、無視されているのが、おもしろい〉

宮川さんに京都府向日市《むこう》の井口新助さんを紹介してもらった。大正四年生まれの九十歳で、井口さんは龍馬が殺された近江屋の子孫。

ご先祖の「新助さん」は、ひいおじいさんになる。現代の新助さんは、おりょうさんについて語った。

「高知を去られたあと、明治五年まで、私の家におられましたね」

三年ほど近江屋にいたらしい。そのあいだ、おりょうは天の龍馬と何を語り合っただろうか。

長崎の岩崎弥太郎

二〇一〇年のNHKの大河ドラマ「龍馬伝」の主役はもちろん福山雅治の龍馬だが、香川照之の岩崎弥太郎（一八三五〜八五）がよく目立った。

いつも真っ黒になり、やかましい。鳥かごを背負いながら、口から唾《つばき》の泡を飛ばしている。才能を認めない世間と対立し、龍馬に世話になっても感謝はしない。酔いどれの父親への扱いに抗議し、気がつけば牢屋に入っている。しかしタダでは起きず、獄中で知り合った男の話を聞き、ビジネスのおもしろさに目覚める。

弥太郎の故郷はいまの高知県安芸《あき》市にあたる。安芸市立歴史民俗資料館の学芸員の門田由紀さんはいう。

「岩崎家は、さすがにドラマほど貧しくも汚くもありません。小作人もいたくらいなので、弥太郎も江戸へ留学することができたんですけど」

弥太郎は二十一歳で江戸へ行き、著名な朱子学者の安積艮斎《あさかごんさい》にも学んでいる。一歳年下の龍馬が江戸から戻った直後で、土佐で二人が会ったという記録は残っていない。

もっとも『竜馬がゆく』では土佐で知り合ったことになっている。「悪弥太郎」という章で、竜馬は獄中の弥太郎を〝見物〟にきている。初対面の格子越しに、弥太郎は吼《ほ》える。

「世の中は一にも金、二にも金じゃ。（略）詩文や剣では動いちょらん。わしは将来日本中の金銀をかきあつめて見するぞ」

その言葉どおり、弥太郎は後年、金銀をかき集めて三菱財閥をつくりあげていく。牢に入ったほど折り合いが悪かった故郷だが、生家が保存され、公園には銅像もある。

ドラマの当時、高知県が中心となってつくった「岩崎弥太郎こころざし社中」ができて、二〇一〇年一月には香川照之も来た。約一千人が集まり、学芸員の門田さんも見にいった。

「こちらでも弥太郎が汚いと評判なんですが、香川さんは『だんだんきれいになるので我慢してください』とおっしゃってました。でもあんな名優に演じてもらって弥太郎さん、よかったですよ」

龍馬と弥太郎が切っても切れない関係になっていくのは長崎だろう。

土佐の政変で武市半平太が入獄したあと、龍馬は帰国命令を無視して、二度目の脱藩の身分となった。

実質的な藩主の山内容堂は激怒するが、竜馬はいう。

「小僧になにがわかるか」

盟友を失った竜馬にとって、容堂への怒りはすさまじかった。年上ながら時代が見えない君主など、「小僧」でしかない。さらに勝海舟への傾倒を深め、神戸で海軍を学び、やがて拠点を長崎へ移す。

『竜馬がゆく』では、このころから側近となっていく陸奥陽之助（宗光）に竜馬は語りかける。

〈「長崎は、わしの希望じゃ」

と、陸奥陽之助にいった。

「やがては日本回天の足場になる」〉

竜馬はまず「亀山社中」を結成した。海上輸送を請け負う商社であり、同時に私設海軍でもあった。薩摩藩、やがては長州藩の支援を受けつつ、両者の融合もめざした。

「金が儲かることなら、薩摩も長州も手をにぎるだろう」

社員は土佐勤王党の残党が多く、その後、亀山社中は土佐藩「海援隊」となる。幕府の衰退に焦った土佐藩が接近し、スポンサーのほしい竜馬も受け入れる。土佐藩の代表は後藤象二郎《しょうじろう》、その金庫番が岩崎弥太郎だった。つねに金がない竜馬にとって、弥太郎は「財布」のような存在になっていく。

二月の長崎では「長崎ランタンフェスティバル」が行われ、春の夜は旧正月を祝う赤や黄色のランタン（提灯《ちょうちん》）に彩られる。

幕末の夜もにぎやかだったようだ。思案橋からほど近い丸山は、中国やオランダの客も持つエキゾチックな花街だった。幕末になると、薩摩、長州、土佐のお客たちでにぎわっている。なかでも人気の高かった店が「花月」で、いまも「史跡料亭　花月」として健在だ。

二〇一〇年に訪ねると、高杉晋作、龍馬、弥太郎の写真が仲良く掲げられていた。花月で働く加藤貴行さんがいう。

「当時の長崎土佐商会の交際費は年間三千三百両（二億数千万円）だったそうで、ずいぶんお世話になったようです。なかでも湯水のように使って弥太郎を泣かせたのが後藤象二郎。彼も飾らないといけないのかもしれませんね」

加藤さんは、創業約三百七十年にもなる花月の「花月史編纂プロジェクトリーダー」でもある。佐世保市出身で高知大学に学んだ。東京のワクチン製造会社につとめて、長崎に戻ったというから、龍馬と同じ土地を歩いてきた。

「絶対に縁があると勝手に思い込みまして、長崎龍馬会に入って十一年になりますね」

一階の「瓦の間」は、床一面がタイル張りの部屋となっている。

「天井裏に龍馬が最初に脱藩した年と同じ、文久二年改修の棟札が現存しております。当時はタイルを瓦と呼んでいたようです」

司馬さんも花月を何度か訪ね、「瓦」と書いている。

〈花月には、中国風の部屋がある。床に瓦を敷きつめ、天井、窓、飾燈、調度品のすべてが中国風で、テーブルと椅子がおかれている〉

司馬作品に「花月」はしばしば登場する。『竜馬がゆく』では竜馬と長州の桂小五郎が薩長同盟の相談をしているし、『胡蝶の夢』では松本良順が通い、語学の天才の司馬凌海《りょうかい》が酔って「ぶらぶら節」を踊っている。

加藤さんは二階の大広間「竜の間」を案内してくれた。約八百坪の日本庭園が見渡せ、池もよく見える。龍馬がつけたという刀疵《かたなきず》つきの床柱がある「竜の間」だが、弥太郎もゆかりがある。

「弥太郎は、最初に長崎へ来たとき、酔って庭の池に落ちています。藤のにおいに誘われたと日記には書いていますね」

弥太郎が龍馬と頻繁に会うようになるのは三十四歳ごろで、それより八年前の二十六歳ごろにも長崎に来た。西洋諸国事情の調査という仕事に抜擢されたためだが、『岩崎弥太郎日記』（岩崎弥太郎、岩崎弥之助伝記編纂会編）の解説には書いてある。

〈青年客気の弥太郎は丸山花街で遊蕩の味を覚えて旅費を使い果たすなど、這々《ほうほう》の態で土佐へ立帰った〉

シーボルト記念館（長崎市）の学芸員、織田《おりた》毅《たけし》さんは一〇年一月、龍馬と弥太郎を中心に書いた『海援隊秘記』（戎光祥出版）を上梓《じょうし》した。

「弥太郎は基本的にまじめな男ですね。最初は丸山を『地獄門』といって避けていましたが、仲間にむりやり誘われ、地獄へ落ちています。龍馬とかかわった二度目の長崎はそのリベンジですね。まだ三菱の創業者といったにおいはなく、立身出世を夢見る土佐藩の平社員にすぎません」

しかし、織田さんの『海援隊秘記』のコラムによれば、二度目の長崎でも、陽気でハデ好き、長崎女性の典型のような女性と恋に落ちたそうだ。弥太郎はスミに置けないのである。

「龍馬研究の最大のライバルは『竜馬がゆく』でしょうね。そう思いつつも、おもしろすぎて、私なんかすでに洗脳されています。たとえば『竜馬がゆく』での竜馬と弥太郎の関係は非常に悪い。しかしそのイメージを振り払えば、実際には仲がよかった二人が見えてきます」

弥太郎の日記に龍馬が最初に登場するのは一八六七(慶応三)年四月。「いろは丸」が航海に出る直前、弥太郎は海援隊のメンバーへの給金として多めに百両を渡す。しかし龍馬はすべて隊士に配ってしまい、さらに、

「自分の給金は出してくれ」

という。弥太郎が断ると、龍馬は五十両を貸せと迫る。仕方なく、弥太郎は五十両を借りて餞別として渡したという。

「龍馬はうれしくてたまらなかったようで、この夜、弥太郎と酒を飲んで語り合っています。龍馬は新しく来た岩崎という役人は話せる、と思ったのかもしれません」

織田さんによれば、弥太郎は商売がらみでは飲みに行かないタイプなのに、龍馬とは何度も行っている。

二人には共通点があったのではないかという。

「弥太郎は幕末には珍しいノンポリです。政治には興味がなく、政治名目で散財する後藤たちには頭にきていたと思います。勤王の志士といっても藩のお金で動く人ですが、龍馬は自分たちでお金を集め、亀山社中も運営しました。二人とも、ビジネスに関心がある点が異色でしたね」

その二人の銅像がドラマの当時、「長崎歴史文化博物館」の玄関ホールに並んでいた。龍馬は長崎市の風頭《かざがしら》公園、弥太郎は三菱高島炭鉱のあった長崎市高島町に立つ銅像の鋳型に色をつけた。どちらも三メートルを超える巨大なものだった。

見ていると、やはり人気は差があるようだ。龍馬像の前で記念撮影をする観光客が多い。弥太郎には見向きもしなかった観光客の一人にいたっては、「岩崎彌太郎」の名札を眺めていった。

「これ、何て読むんだっけ。ヨタローか？」

香川照之の憤怒の顔が浮かんだ。

龍馬のビジネス感覚

司馬さんは『竜馬がゆく』で、長崎の空を描写している。

〈空が真青であった。南海の土佐も空が美しいが、なお水蒸気が多い。長崎の空はその程度のものではない。東シナ海の空の青さが、そのまま長崎にまでつづいているという感じである〉

海と空の青さが似合う龍馬を、いまも長崎で応援する人たちがいる。一九八九（平成元）年にできた「亀山社中ば活かす会」の幹事、土肥原弘久さんはいう。

「僕は根っからの長崎人ですから、龍馬が活動の拠点として長崎を選んでくれたということだけで嬉しい。長崎といえばオランダですが、心情的にも文化的にも中国のほうが近い。人、物、情報が集まる魅力的な町で、東京より上海が近いという感覚は、今の僕らにもあります。『東シナ海の空の青さ』という表現がいいですね。司馬さんは長崎人の気持ちを汲み上げてくれています」

「亀山社中」について、司馬さんは「討幕会社」と表現している。仇敵の薩摩と長州が

長崎時代の龍馬ゆかりのスポット
坂道が苦手の司馬さんも、亀山社中までは歩いている。

簡単に手を結ぶはずもないが、龍馬は「利」で結びつけようとした。

〈長崎で両藩の資金資材持ちよりの会社をつくり、大いに軍資金をかせぐ一方、外国製の銃砲を両藩にもたせ、幕府を倒してしまう。新政府ができればこれを国策会社にして、世界貿易をやる〉（『竜馬がゆく』）

その亀山社中を、司馬さんは訪ねている。『竜馬』を連載中の六四（昭和三十九）年春だった。

電車通りから寺町までは車で、それから長い石段の坂をのぼった。墓の多い坂でもあった。

〈人も死者も傾斜地に住み、それぞれの高さで世界でもっとも美しい港の一つといわれる長崎港を見おろしている。

竜馬の亀山社中のあった家というのは、亀山でももはや山頂に近い。たどりつくまでに石段の数が二百七段もあり、途中、住宅街があったり、樟《くす》の樹林があったりする〉

正確には二百四段だそうだ。さらに司馬さんは当時の現状を、さりげなく紹介した。

〈竜馬らが宿営していた建坪二、三十坪ほどの家屋があった。別に史蹟にも指定されていないため、ちょうど筆者が行ったときは、大工が入っていてほとんど取りこわされようとしていた〉

亀山社中の所有者と立ち話をしたとき、司馬さんはひと言、

「惜しいな」

とつぶやいたという。

ベストセラーは、大きな影響を与えた。全国から保存を求める手紙が殺到し、取り壊しは中止となった。その後、しだいに歴史的価値が認められるようになり、一般公開されるようになっている。

「亀山社中」のある道は「龍馬通り」と名付けられている。さらに坂道や石段をのぼれば、風頭公園にたどりつく。「紅白紅」の海援隊旗がひるがえっていて、長崎の海を見つめる「坂本龍馬之像」がある。地元の彫刻家・山崎和國さんの作品だ。

全国に数ある銅像のなかでもハンサムという評判が高く、それを聞くたびに目じりを下げるのが焼き鳥屋「風雲児焼とり　竜馬」の河野健一さん。店は長崎を訪れる龍馬フ

アンの拠点にもなっており、この銅像建立の発起人だ。店の常連らと「龍馬の銅像建つうで会」を立ち上げたのが八七年だった。

「若い人が六十人も参加してくれました。毎週日曜日に街頭に立ち、目標額を大きく超える千二百万円を集めてくれました」

銅像も完成し、あとは除幕式のセレモニーのみという段階になり、予定地だった丸山公園の地元自治会が急に反対を表明した。

「会の発足前に挨拶に行ったとき、『楽しみやねえ』という言葉ももらってたんです。でも、龍馬像が建つと『花街だった丸山のイメージを思い出させる』ということで反対になったらしい」

と、河野さんはいう。

長崎時代の龍馬は隊務は部下にまかせ、国事に奔走、ついでに丸山遊郭でも活躍した。『竜馬』では、「男ぎらい」で通っていた丸山の芸妓《げいぎ》、お元《もと》を夢中にさせる。

〈「もう離しまっせん。貴方シャマはもう、私《うち》の青餅《あおもち》じゃ」

（青餅とはなんじゃ）

と、竜馬はぼう然とした。あとで青餅とは恋人、情人の意味だということを知った〉

というくだりもある。そんなゆかりのある場所に銅像が建つのも粋な話だが、だめなものは仕方がない。急いで別の候補地を探し、見つけたのが風頭公園だった。

「風頭公園は亀山社中にも近く、長崎港を一望にできる。長崎から世界をイメージする龍馬さんには、よりふさわしい場所でした」

八九年、小雨が降る中で除幕式が行われた。それ以後の活動は「長崎龍馬会」に引き継がれている。

「会で知り合った男女が結婚して、いまは二人の子供がいます。親子四人で銅像の掃除をしながら、『これは父ちゃんがつくったんぞ』と自慢してるそうです」

と河野さんはいっていた。

さて、亀山社中はその後「海援隊」となる。はじめは薩摩藩の支援を受けていたが、その後は土佐藩が資本を出して名称が変わった。

〈海援隊の性格は多角的で、討幕結社、私設海軍、航海学校、海運業務、内外貿易という五つの顔をもっている。（略）言いかえると、竜馬にもこの五つの顔があったといっていい〉

と、『竜馬』にはある。

イデオロギー全盛の幕末、龍馬は藩に頼らず、自活する道を模索した。自分と同じく脱藩した仲間たちも食べさせなくてはならない。そのビジネス感覚をどこで磨いたのか。

司馬さんは『街道をゆく1　湖西のみち、甲州街道、長州路ほか』の「長州路」で、下関の商人、伊藤助太夫を登場させている。

〈竜馬の生涯をつくりあげた恩人のひとりに、この伊藤助太夫もかぞえられねばならない〉

垢だらけで伊藤家に現れた龍馬に助太夫は惚れ込んだ。すでに亀山社中を設立し、薩長同盟に奔走していたころだった。

〈伊藤助太夫は竜馬の人相をみて、「あの人の顔を見るに、そばかすがホウキ星のようにしてかたまっている。あれは竜相というのだ」とその妻にいったらしく、その言葉を当時まだ小さかったルイという助太夫の娘がおぼえていて、後年ひとびとによく話した――ということを、私は土地のひとから聞いたことがある〉

ルイは龍馬に長崎の手まり唄を教わり、龍馬は助太夫から、下関を拠点にする国内貿易のおもしろさを学んだ。助太夫はいった。

〈大坂で、諸式の市《いち》が立って、物のねだんがきまります。西国（九州）の物資が、船で大坂へはこばれてゆく。もし大坂の値段を下関で知っているとすれば、それだけで大儲けができます〉

龍馬は下関に支店を置いた。助太夫の家が支店で、「自然堂」と名付け、おりょうも住まわせている。

剣は千葉道場に、世界情勢は勝海舟に学んだ龍馬だが、ビジネスは伊藤助太夫の薫陶を受けたようだ。

「萩博物館」を訪ね、萩市特別学芸員の一坂太郎さんの話を聞いた。

「龍馬は賢い人ですから、時代には敏感でした。開国の時代がやってきた場合、新規事業を行うには長崎より下関のほうが港として重要になることを見越していたと思います。助太夫とは気も合ったでしょうが、下関を戦略的に考えた上での接近でしょう。下関は北前船の寄港地であり、さらに龍馬は蝦夷地（北海道）の開拓、竹島（現在の鬱陵島＝編集部注）も視野に入れていました」

長府藩士にあてた龍馬の手紙に、竹島について書かれたものもある。

「ずいぶん熱心な手紙です。どんな木が生えているとか、平坦地があるとか。大洲藩から借りて沈没したいろは丸も、竹島の調査に使いたかったようです。新しい国を拓きたいという思いが伝わってきます」

と、一坂さんはいう。

長崎から北海道へ、さらに竹島へ。龍馬のコンパスは激しく動いていた。

長崎の恋

司馬さんの産経新聞社の後輩で、のちに大阪市教育委員長となった故・渡辺司郎さんは「坂本龍馬と司馬遼太郎」（一九九九年五月、高知）というタイトルで講演をしたことがある。記録は高知県立文学館の「流風余韻第三集」に収められ、『竜馬がゆく』を書く少し前の司馬さんが登場する。

連載小説の主人公をあれこれ考えていた司馬さんと、渡辺さんはこんな会話を交わした。

「テーマは何にしますねん」

「いや、まだ決まってへん」

「ほんなら龍馬がええのにな」

渡辺さんは高知生まれで桂浜の龍馬の銅像を見て育った。そのアイデアにみどり夫人も賛成し、だんだんと司馬さんも興が乗っていく。主人公が決まってからも、二人の軽妙なやりとりが続いた。

「小説も生き物やから、たまには恋をさせてもらいたい」

と、渡辺さんはいった。

渡辺さんは解説している。

「恋といったら聞こえがいいですが、要するに『させてやらないかん』ということです」

それを聞いた司馬さんは顔を真っ赤にしていったそうだ。

「俺の秘め事をお前、書けというのか」

さらに渡辺さんは念を押した。

「最低月に一遍は恋をさせてやらないかん。本当は二週間に一遍でもええけれども」

時々手をぬくので、そのつどハッパもかけたんですよと、渡辺さんは語っている。

ハッパの効果だろうか、『竜馬がゆく』には、お田鶴《たず》さま、千葉さな子以外にも〝多女済々〟だ。

「眼のうつくしい」深川の遊女、お冴《さえ》はしきりに男と女の道を教えたがる。

仲間にだまされ夜這いにいった、高知城下で評判の美女のお徳は「あわあわと湿ったこまやかな皮膚」を持っていた。

讃州丸亀城下の居酒屋のお初は十七、十八歳、笑顔に「すがすがしい色気」がある。丸亀滞在中の恋人で、別れの場面は風呂場。泣きながら背中を流してくれた。

長崎ではさらに魅力的な美女が待っていた。まずは、幕末にお茶の輸出で財をなした大浦慶《けい》、さらには芸妓《げいぎ》のお元《もと》が登場する。

お慶（一八二八〜八四）は幕末の長崎の大商人で、いわば長崎名物の女傑だった。三十代後半だが、二十二、三歳にしか見えない。『竜馬がゆく』では、「ぞくりとするような色目」でささやいている。

「そのうち坂本さまを、お慶のトリコにして見せまするばってん、お覚悟のほど、仰せつけませ」

腹心だった陸奥《むつ》陽之助（宗光《むねみつ》）にも、にこりともせずにいい放つ。

「坂本様といちど寝てみたいと思っていたのです。坂本様のほうがおいやなら、あなたでもかまいません」

陸奥は度肝を抜かれ、結局、竜馬の〝代用品〟になっていく。

一晩でも男なしではいられないという評判がある一方、男の好みは厳しい。いちど結婚したことがあったが、気に入らない夫だったため、お慶は三日ほどで決断した。

「若旦那、どぎゃん見てもああたは私の婿殿《むこどん》にむかんばい。縁バ切るけん、実家《さと》へ帰っていただきます」

その後は独身だった。親戚の子孫、竹谷浩和さんはいう。

「お慶の大浦屋と、うちの先祖の河内屋は油屋で、どちらも『港町五人組』という大店《おおだな》だったようです。実際のお慶を見た九十代の祖母から、袴姿で馬を乗り回すほど活発で、気の強い美人だったと聞いています。お慶の家には浪士たちがたくさん来ていた。姉さん気取りなので、男好きだと噂されたかもしれませんね」

お慶は多角経営に乗り出す。日本茶を海外にセールスして大金を得ている。

「イギリス人貿易商のオールトにお茶の見本を送り、三年かかって大量の注文をもらっています。上海に密航したという説もありますね」

と、竹谷さんはいう。

長崎の龍馬らの活動を調べている、シーボルト記念館の織田毅《おりたたけし》さんに聞いた。

「当時の長崎の有力な商人は縁組を繰り返し、多くが親戚となり、『長崎株式会社』ともいわれています。お慶ひとりでお茶を輸出できたわけではなく、その長崎株式会社のバックアップがあった。さらにお慶は龍馬を支援します。龍馬の海運業、貿易業に興味があった。支援どころか亀山社中を乗っ取るほどの勢いだと、司馬さんは書いています。龍馬と恋愛したという記録はありませんが、二人のビジネスの方向性は似ていたかもしれません」

『竜馬がゆく』でお慶は、さらに輪島の塗り物を外国に輸出したいと、竜馬に打ち明ける。しかし輪島は加賀藩領内で、なかなかうまくはいかない。

「こげんこつになると、三百諸侯が邪魔になります」

幕藩体制は商売の邪魔だという。

「国をいっぺん壊して建てなおさぬといかんとお慶さんはいうのか」

「私《うち》らの立場からいえばね」

恋と討幕、ビジネスがもつれあい、長崎時代の龍馬を彩っていく。

NHK大河ドラマ「龍馬伝」でお慶を演じたのは余貴美子だが、龍馬の長崎での恋人、お元を演じたのは蒼井優。

「まるい、あどけない顔をしているくせに、眼だけがひどく戦闘的にひかっている。そのよく光る眼が、先刻から竜馬ばかりをみつめていた」

と、『竜馬がゆく』でお元は紹介されている。宴席で竜馬をひと目見て、ターゲットに決めたようだ。赤いランタン（中国提灯）が軒に揺れる花楼で、お元は「長崎ぶらぶら節」を披露した。音楽好きの竜馬は喜び、次第にお元に惹かれていく。

「京には貴方《おーち》、よかひとが居まっしょ？」

「仕様がないわい。わしはどういうことか、よか女《ひと》だらけじゃ」

二人は宴席を出て、竹林に踏み入り、いつのまにか抱き合う。

〈お元は唇をあげた。竜馬は、この長崎ではすきあった男女は唇をあわせる、ということをきいている。

「接吻《うまくち》」

と、お元は命じた〉

お元については、一九一二（大正元）年の『維新土佐勤王史』（瑞山会編）、十四年の『伯爵後藤象二郎』（大町桂月著）などに名前がある。有名なのは一八六七（慶応三）年の「清風亭会談」のエピソードだ。

龍馬と土佐藩の後藤象二郎が長崎の料亭で行った会談で、これ以降、龍馬と後藤は関係を深めていく。土佐藩の下士にとっては怨嗟《えんさ》の的だった後藤は、お元を宴席に呼んだ。

〈（龍馬が）部下の誰にも秘したる狎妓《こうぎ》、思ひがけずも、已《すで》に座に在り。名はお元、年十八、気質頗《すこぶ》る活発也〉

と、大町桂月の『伯爵後藤象二郎』にはある。

〈「なんじゃ、お前《まん》」

「ええ、後藤の殿様がよんでくださったんです」

お元は玄人のくせに、小娘のように顔を赤くした。

（後藤め、やる）

と、竜馬はおもった〉

と、『竜馬がゆく』にも紹介されている。

勝海舟にともに師事した海援隊士の新宮馬之助に、龍馬はこういったことがあるという。

「君は男振りがいいから女が惚れる、僕は男振りは悪いがやっぱり惚れる」

たしかに人気は高かったようだ。同席した者が乱暴を働くと、

「オイ、女に好かれないぞ」

と、余裕たっぷりに諭す。

宴席に連なるお元たちはホッとしただろう。

龍馬の変名は「才谷《さいだに》梅太郎」で、「龍シャマ」「梅シャマ」と騒がれたという。織田さんの著書『海援隊秘記』（戎光祥出版）には、長崎の劇作家永見徳太郎が昭和四年に書いた「長崎時代の阪本龍馬」の一部が収録されている。織田さんはいう。

「全体的に小説風な感じはありますが、長崎の龍馬研究の先駆的なものです。それにしてもモテますね」

永見は、お元のほかにも遊女錦路（錦）を登場させている。龍馬は少し酔うと料亭の庭で大の字になって寝ることがよくあった。十五夜の月の晩、龍馬が芝生でひっくりかえっていると、絹の裲襠《うちかけ》がふんわりと体にかかっていた。さらには美人で名高い錦路が手ぬぐいを水にひたして、頭を冷やしてくれていた。すでに朝を迎えつつあった。

「仄《ほの》白む東雲の光の中で錦路の手を握り感謝の念で胸が一ぱいになった。その優しい心根に動かされ、深い契りを結ぶ身になったとかいう」（「長崎時代の阪本龍馬」）

ここまでくれば、「龍馬伝」の広末涼子も貫地谷しほりも泣くのはやめてあきれるこ

とだろう。

永見は龍馬が同志に語った言葉も引用している。

「どんな豪《えら》い人物の前に出ても気おくれしてはいかん。相手が威張ったら、いずれ女と同衾することがあろうと考えると、相手を呑むことが出来る」

男女の道でも達人だったかもしれない。

饅頭屋長次郎の孤独

一枚の写真がある。

袴《はかま》姿で椅子に腰かけ、腰には長すぎる刀を差し、右手にピストルも握る。龍馬の幼なじみで、長崎・亀山社中で活躍した近藤長次郎《ちょうじろう》（一八三八〜六六）の写真だ。『竜馬がゆく』では、イギリス留学を企てた長次郎が、記念に撮った写真となっている。撮影者は日本の写真の草分け、長崎の上野彦馬《うえのひこま》だった。

〈竜馬に心酔しているこの男は、決して髪に櫛《くし》を入れず、びん髪のそそけ立つままにまかせている〉

NHK大河ドラマ「龍馬伝」では大泉洋が演じていた。頭のよく回る情報通で、ちょっと気が弱い感じ。岩崎弥太郎が鳥かごなら、こちらはいつも饅頭《まんじゅう》を売っている。

〈饅頭屋のせがれで、鼻まで商売物のまんじゅうに似ている〉

と、『竜馬がゆく』では紹介されている。龍馬の生家からごく近い水道（通）町の大《お》里《り》屋《や》という饅頭屋で生まれ育った。乙女姉さんも、長次郎が売る饅頭が大好きだったという。

勉強家で、龍馬にとっては学問の水先案内人でもある。江戸で剣術修行をしたあと、土佐に帰った龍馬は、近所に住む絵師の河田小龍《かわだしょうりゅう》から西洋事情を学ぶ。

「西洋と対抗する第一は、まず産業、商業を盛んにせねばならぬ。それにはまず物の運搬が大事であり、あの黒船が必要じゃ」

という河田小龍の言葉に感激するのだが、長次郎のほうが河田門下では先輩だった。河田の家に行く途中、混ぜ飯が好きだという竜馬に、西洋にもサンドウィッチがありますと話し、ウンチクを披露する。

〈「なるほど人のいうとおりお前は学者じゃなあ」

竜馬は感心し、感心するだけでなく、こういう物知りを乾分《こぶん》にすればずいぶん便利だろうとおもった〉

二人の運命を暗示するようなシーンとなっている。

『坂本龍馬・青春時代』（新人物往来社）の著者、小美濃清明《おみのきよはる》さんは長次郎の写真についていう。

「あの写真を見ると、『俺は侍だ』という思いが伝わってきます。とにかく町人階級から侍階級に行きたかったんですね。その手助けをしてくれた人がいました」

左行秀《さのゆきひで》という人物で、北九州出身の刀鍛冶。土佐藩に迎えられ、長次郎のいた水道町に住んだ。

「酒好きの多い土佐にあって左行秀は酒が飲めないんですよ。近所の長次郎とは饅頭がとりもつ縁でしょうね。やがて才能に気づいた左行秀が、可愛がるようになったと思います。写真の刀は長い直刀で、左行秀が作った刀でしょう」

左行秀は鉄砲工でもあり、江戸の砂村藩邸で洋式銃を製造していた時期もある。長次郎は二度目の江戸行きで、左行秀の世話になった。漢学、洋学、砲術などを学び、その秀才ぶりに驚いた藩から名字帯刀を許されている。上士格だった左行秀の強いプッシュもあったのだろう。

〈土佐藩ほど階級にやかましい藩が、一介の書生をその学問のゆえに武士待遇にした、というのはめずらしいことである〉

さらに勝海舟門下となり、神戸で海軍術を学んでいる。紹介したのは左行秀とも、その時期は龍馬よりも早かったともいわれている。その後、次第に亀山社中で頭角をあらわしていく。

長次郎の人生のハイライトは長州の軍艦、ユニオン号の買い付けだろう。薩長連合はまだできていない。

薩長を利で結びつけようと考えた龍馬は、軍艦と洋式銃が欲しい長州のため、薩摩藩名義で購入することを提案する。

実務をまかされたのは長次郎だった。長州の伊藤俊輔（博文）、井上聞多《もんた》（馨《かおる》）を連れて長崎で交渉にあたり、薩摩の家老、小松帯刀《たてわき》と連携をとりつつ、イギリス商人のグラバーとの交渉を手際よくまとめる。長次郎は蘭学も学んだし、英語も話すことができた。外国人には慣れていたようだ。

一八六五（慶応元）年のことで、『竜馬がゆく』では交渉成立の夜、長次郎は伊藤と井上に語っている。

「幕府はばか者ぞろいだ。京でいくら人を斬っても、変わるべき時勢はやがて変わる。それも京で変わらぬ。長崎でかわるのだ」

誇りは剣ではなく、智だった。意気軒昂な長次郎がそこにいる。

その後、軍艦の引き渡しでごたごたはあったものの、功績は長州藩から高く評価された。長州藩主からじきじきに感謝されている。

「城下の水道町のまんじゅう屋のせがれも、薩長両藩を相手に大仕事ができるまでになったか」

と、竜馬は大いに喜んだ。

その一方で、長次郎は独断専行がこのころから目立つようになっていた。次第に亀山社中内での評判は悪くなっていく。

〈長次郎は才子ではあるが、組織でもって協同して事をする感覚が欠けているようであ

る。貧家の秀才で無我夢中で世間の表通りに出てきた者のもつ悲哀といっていい〉

土佐の秀才は組織の中で浮き上がっていく。小美濃さんがいう。

「長崎や下関で活躍し、外国とのやり取りで業績を残す長次郎は、龍馬からみれば、だんだん追いついてくる感じがあったかもしれません。ある時期には龍馬を抜いていた部分もあるでしょう。しかし、長次郎には龍馬のもつ人間的な幅がなかった。足元が見えなくなっていきます」

相変わらず「まんじゅう屋」と呼ぶ竜馬に、「よしてください」と長次郎がいう場面もある。この時期は、上杉宋次郎というしゃれた変名を使うようになってもいた。

長次郎の野望はさらに大きくなっていく。縁ができた長州藩を頼り、イギリスへの留学が決まった。

亀山社中の仲間たちには秘密の計画だった。しかし、運悪く出航の日は風雨で延期となる。ついには秘密がばれ、亀山社中のメンバーたちに詰問されることになる。

社中の規則で、事の大小にかかわらず、自分勝手に利を求めて行動したものは切腹だという。

〈(坂本さんがおれば。――)

饅頭屋は懸命に涙をこらえながら思った。きっと自分を理解してくれるであろう。こんなむごい検断の場にすわらせるようなことはすまい〉

龍馬はいない。薩長同盟が成立する大詰めの局面で、下関から京都へ向かう最中だった。

慶応二年一月、長次郎は切腹して二十九歳の生涯を終える。薩長同盟が京都で結ばれる約一週間前で、まさに礎となった。一八九八（明治三十一）年になって正五位を贈られたのは、伊藤博文、井上馨が才を惜しんだのだという。

それにしても組織は恐ろしい。

幕末でもっともリベラルな龍馬がリーダーの亀山社中でさえ、こんな事件が起きてしまう。

もっとも、亀山社中と龍馬の関係はもっと複雑であった可能性がある。シーボルト記念館の織田毅《おりたたけし》さんがいう。

「亀山社中のメンバーはほとんどが土佐勤王党ですが、龍馬とは距離感がありました。龍馬は年齢的にも少し上ですし、土佐勤王党とは一線を画してきた。手紙にも『私は一人天下を経めぐり』と書いている。リーダーというより、ちょっと浮いた存在なんですね。龍馬にはあまり発言権がなかった可能性がある。そう考えると、近藤長次郎の死を防げなかったことにも納得がいくんですね」

どうも真のリーダーは別にいたようなのだ。織田さんは続けた。

「リーダーは龍馬というより、薩摩の小松帯刀かもしれません。小松の考えでは、龍馬は龍馬で薩長同盟を進める役目を果たしてもらう。亀山社中には船を動かし商売をさせる。これがのちには、海援隊となってひとつにまとまっていく。スポンサーは土佐藩へと変わり、龍馬の存在感も大きくなっていきます」

長次郎の墓は亀山社中から遠くない晧台《こうたい》寺にある。薩長連合をまとめあげ、長崎に帰った龍馬は墓碑銘をしたためたという。

「梅花書屋氏墓」

龍馬の背中を追い続けた生涯は、はかなく終わった。

寺田屋から霧島へ

　薩長連合を画策する龍馬は、しだいにその存在感を増すようになる。薩摩にとっても長州にとっても重要な人物であり、逆に幕府にとっては危険分子だった。

『竜馬がゆく』には、長府藩（長州の支藩）の三吉《みよし》慎蔵（一八三二～一九〇一）という人物が登場する。槍の名人で、竜馬を守るために長州藩が護衛につけた。薩長連合が成立するかどうかの瀬戸際で、二人は下関から京都に向かう。

〈慎蔵は、いかにも長州人らしい秀麗な容貌をもち、高杉がすいせんしたようにいかにも機敏な感じのする若者だった。竜馬は船のなかでこの男と暮らしていてすっかり好きになってしまった。「三吉君は、寝返りひとつするにしても、くるっと目もとまらぬ速さでするな」と、げらげらわらった〉（『竜馬がゆく』）

　龍馬が大好きだった慎蔵から四代目が、長野県上田市に住む三吉治敬《はるたか》さんだ。

「私の祖父は米熊《よねくま》といい、のちに上田で養蚕の普及改良に一生を費やした男ですが、子供時代に下関で見た龍馬やおりょうさんをよく覚えていたようです」

龍馬は慎蔵ときまって土蔵で話し込むので、慎蔵の妻は一升とっくりをいつも土蔵に運んだという。龍馬は暗殺された年、慎蔵あてに手紙を書いた。万が一のときはおりょうを頼むと書かれたもので、その言葉どおり、おりょうは土佐に行く前の一時期、慎蔵の世話になった。

「まだ幼かった米熊は、おりょうさんによく子守をしてもらったそうですよ」

龍馬とおりょう、慎蔵の絆を深めたのは、京都伏見の寺田屋で生死の境をくぐりぬけたことが大きかったようだ。薩長同盟が成立したのは一八六六（慶応二）年の一月二十一日。その二日後の深夜、寺田屋にいた龍馬と慎蔵は、伏見奉行所に襲撃される。

入浴中だったおりょうが急を告げたのは有名だが、慎蔵は得意の槍で応戦した。司馬さんは『三浦半島記』のなかで書いている。

〈「三吉、ピストルは捨てたぞ」といった。拳銃を鳴らせば、包囲網が遠のく。龍馬は、三吉がそのことに期待しているだろうと思い、声をかけてその望みを捨てさせたのである〉

二人はやがて寺田屋を脱出し、貯木場の小屋の屋根に避難した。

いぜんとして伏見の町中を走り回る捕り方の提灯の数は多い。慎蔵の日記によれば、逃げ道はないと思った慎蔵は「武士らしく切腹しよう」といったが、出血で動けないにもかかわらず、龍馬は生き残る道を探そうといった。治敬さんはいう。

「武士らしく死ぬというのが当時の常識でしょうが、龍馬はそれにとらわれない。慎蔵の運に賭けています。龍馬というのは大きくて、いい男ですな」

龍馬を屋根に残し、慎蔵は斬り合いで汚れた衣服を洗ってしぼり、旅人を装うために古わらじをひろって身につけた。やがて薩摩藩邸に駆け込むことに成功している。『街道をゆく』の「三浦半島記」では、慎蔵のその後について書いている。

〈明治後は、長府毛利家の家扶《かふ》になったり、北白川家の家令になったりして、まことに地味な後半生だっただけに、青春の一時期、龍馬と行動をともにし、寺田屋で捕方に襲われたことが、生涯の語り草だった〉

慎蔵は一九〇一（明治三十四）年、七十歳で亡くなった。掛け軸や書、手紙が多く残された。西郷隆盛、中岡慎太郎、木戸孝允（桂小五郎）、高杉晋作、伊藤博文、勝海舟などから贈られたもので、龍馬が長崎で撮った写真もあった。明治維新のオールスターキャストにこれほど信頼され、つてもありながら、出世の道を選ばなかったことになる。

「子の米熊に残した家訓がありますが、『誠之（これまこと）』。人と接するときは至誠をもってせよと。私も父から小学生のときにいわれましたね」

と、治敬さんはいう。

米熊はフランスなどで養蚕技術を学び、国内最初の養蚕学校の小県《ちいさがた》郡立蚕業学校（現・上田東高校）の校長を三十六年間つとめた。上田公園のなかに米熊の胸像がある。

化学系の技術者だった治敬さんは、現在、「米熊・慎蔵・龍馬会」の理事長。訪ねた二〇〇六年春は、秋に上田で開かれる「第十八回全国龍馬ファンの集いinうえだ」の準備に追われていた。

「どうして上田で龍馬の会をするのか不思議に思う人が多かったですが、最近はわかってくれる人が増えてきましたね」

といっていた。

寺田屋で襲われてから約一カ月後、西郷のすすめもあり、龍馬はおりょうとともに鹿児島に向かう。下関までは慎蔵も一緒だった。この旅は「日本最初の新婚旅行」とも言われている。

〈なあ、おりょうよ、と竜馬はくすぐったそうにいうのである。「縁結びの物見遊山《ものみゆさん》だぜ」。この風俗の日本での皮切りは、この男であったといっていい〉

と、司馬さんは書いている。

鹿児島県の中部を流れる天降川《あもり》沿いに数多くの温泉がある。西郷が龍馬にすすめたのは、現霧島市の塩浸温泉《しおひたし》だった。龍馬は八十三日間も鹿児島に滞在しているが、そのうち塩浸温泉には十八日間滞在した。よほど気に入ったらしい。司馬さんも『竜馬』の取材で訪ねている。

〈空港で出あった知人の二、三人に、「塩浸温泉はここからどれほどありますか」ときく

と、みなけげんな顔をした。そんな温泉はきいたことがない、という〉

タクシー会社に探してもらうと、鹿児島市から車で往復して三時間ぐらいだという話だった。当時はめったに行く人がいなかったらしく、タクシーの運転手がしきりに理由を聞いたと、司馬さんは書いている。

〈車は渓谷をのぼってゆく。（略）途中、滝も多い。「旦那は絵描きかね」と、運転手は私の酔狂にあきれた〉

塩浸温泉に行くのはいまは便利になった。空港の場所が変わり、車だと約十分で行ける。いまも渓谷沿いにあるのは変わらない。「坂本龍馬・おりょう湯治の浴槽」と書かれた石組みの湯船が、そばを流れる天降川《あもり》の畔に残っている。多くの見学者が訪れるが、この浴槽に入ることはできず、すぐそばの「福祉の里」の湯なら入ることができる。

さて霧島では、九六年から毎年三月、「龍馬ハネムーンウォークin霧島」というイベントが行われている。二人の歩いた道を、最近では二日間でのべ五、六千人が歩く。

発案したのは薩摩龍馬会会長の前田終止《しゅうじ》さん。前田さんは、背中に「龍馬&お龍　日本最初の新婚旅行の地」と書かれた法被をまとっていた。〇五年十一月に霧島市が誕生したが、その初代市長でもある。身長一五八センチで血液型がO型なので「小さなO型市長」と自称している。

鹿児島県議会議員だった九四年、高知県の「坂本龍馬記念館」に視察に行き、龍馬が書いた新婚旅行の手紙をはじめて見た。

「高千穂の峰や、霧島の温泉や犬飼滝などが描かれていました。すべて私が生まれ育ち、暮らしている場所です。手紙の描写力はすごいと思いました」

手紙が保管される京都国立博物館を訪ね、寸分違わぬレプリカを作らせてもらった。約二メートルに及ぶ長文の手紙で、高千穂登山道には赤線まで引かれていた。

「手紙のなかで龍馬は、『高千穂には霧島ツツジが一面にはえて、実に作り立《だて》しごとくきれいなり』と、大感動してるわけです。『馬の背越え』と呼ばれる狭い火口沿いの道を、危ないからおりょうの手を引いて歩く。そしてクエスチョン。龍馬男ざかりの三十二歳、京都生まれ絶世の美女おりょうは二十七歳。高千穂のてっぺんで何をしたでしょう」

と、前田市長がいう。

正解は引き抜きである。

高千穂峰の頂上には「天の逆鉾《さかほこ》」がある。龍馬はおりょうとともにそれを引き抜いた。高千穂は霊山で、天孫降臨の伝説がある。逆鉾はその証しとされていたものだが、龍馬はまったく遠慮がなかった。

〈二人がかりでぐらぐら揺《ゆす》ってみると、案外簡単に抜けた。「わづか四五尺ばかりのものにて候」と、竜馬は拍子ぬけしたような文章で書いている。要するにこけおどし、と

いうことを知ったのである〉

と司馬さんは書いている。

ウォーキングに参加する結婚して一年以内のカップルには記念品がプレゼントされる。○六年も三十七組が参加した。実行委員会が募集した薩摩狂句のコンテストには、ある

「歳月を重ねた新婚さん」カップルも参加し、こう詠んだ。

「妻の顔　湯煙りの中で　皺も伸び」

薩摩弁のルビがふってある。

「かかんつら　ゆけむいなかで　しわものびっ！」

ユーモリストの龍馬だったら、どんな句を詠んだだろうか。

ピストルとおりょう

一八六六（慶応二）年一月、薩長同盟が成立した直後、立役者の龍馬は寺田屋で幕吏らに包囲されるが、負傷しながらも脱出する。このときおりょう（一八四一〜一九〇六）が龍馬を救ったことはあまりに有名で、高知の乙女姉さんにあてた手紙には、

「今年正月廿三日《にじゅうさん》夜のなんにあいし時も、此龍女がおれバこそ、龍馬の命ハたすかりたり」

とある。

高知・桂浜の高知県立坂本龍馬記念館には、「或日《あるひ》の龍馬」という小説がパネルで飾られている。歌人、吉井勇が雑誌「キング」の一九二九（昭和四）年三月号に書いた短編で、寺田屋遭難後、薩摩を訪れた龍馬とお龍が登場する。

吉井勇の祖父の吉井幸輔（友実《ともざね》）は幕末に活躍した薩摩藩士。西郷隆盛や小松帯刀《たてわき》らとともに、龍馬と親しい。「或日の龍馬」はその長男の幸蔵（のちの海軍少佐）の回顧談で、七歳ぐらいのときに龍馬夫妻を見たという。吉井勇は病床の老いた父にこの話を

聞き、感銘を受けたようだ。

ある日、幸蔵少年は小松帯刀の家に連れていかれた。

〈座敷に入るとそこにはがっしりとした体つきの、眼の鋭い、三十一二位の男と、悧巧《りこう》そうな二十四五の女とがいた〉（「或日の龍馬」）

これが龍馬夫妻だった。龍馬はさすがに茶目っ気があり、幸蔵少年をみただけで、

「こりゃあ親父より出来がいい」

といったという。

龍馬は傷がまだ癒えず、顔色もあまりよくなかった。湯治に行くことになり、吉井親子も同行している。

龍馬はよく釣りや、ピストルで小鳥を撃ちにいくことがあった。

「おい、坊主。一緒に来い」

と、呼ばれることが多かったが、そのときはいつもお龍が一緒だった。しなだれるように寄り添うかと思うと、急に怒りだして口を利かなくなるときもある。

霧島山がよく見渡せる晴れた日には、二人とも機嫌が悪かった。

〈坂本さん夫婦の間には、何か気まずいことでもあったらしく、二人とも妙に沈んでいるのが、子供の私にもはっきりと分った〉

龍馬の顔は青ざめていた。

「お龍さん」

呻《うめ》くように名を呼び、森の奥めがけて続けざまにピストルを二、三発撃ち、それから大声で笑った。

「ははははは、もういいよ、もういいよ。お龍さん。さあ、仲直りをしよう」

そう言ってお龍の手を取ると、龍馬の頰を涙が流れていたという。

〈私は坂本さんと云うと、きっとあのピストルの音を思い出す。その後もう六十数年経っているが、未だあの時聴いたピストルの音は、ありありと耳の底に残っているような気がする〉

と、後年の幸蔵は語ったそうだ。

吉井勇記念館（高知県香美《かみ》市）の職員の女性はいう。

「小説とはありますが、龍馬の手紙などを分析すると、二人がたどったルートや鳥を撃っていたことなどは確かです。緊張感はありますね」

坂本龍馬記念館の三浦夏樹さんはこう見ている。

「龍馬はずっと男勝りの女性が好きになりますが、なかでもお龍は度胸があるだけではなく、相当に変わっていますね。乙女姉さんにあてた手紙では、ピストルを撃ち、白刃を恐れず、『誠に妙な女にて』と、お龍を紹介している。『或日の龍馬』は、そんな二人の不思議な関係をよく伝えています。龍馬が『お龍さん』と呼んでいたとしても、そんなに違和感はないですね」

おりょうこと楢崎龍には、〝男前〟のエピソードが多い。京都の勤王家の医者の長女に生まれ、父の死後に母と妹らを抱えて生活に悪戦苦闘する。

龍馬の手紙によれば、大坂に遊女として売られた妹を取り返すため、短刀を懐にして、刺青《いれずみ》の悪党たちと直談判、胸倉をつかんで顔をひっぱたき、ついに取り返したという。『竜馬がゆく』ではおりょうとの結婚に踏み切る前に、竜馬がぼんやり考える場面がある。恋といえる感情は福岡のお田鶴《たず》さまにこそ持ち、千葉さな子にもしばしばあった。

〈(しかしおりょうには)感じたことはない、というのは多少断定がすぎるが、しかしこの場合、恋などという鮮烈な語感はちょっとあてはまりにくい。いうなれば、やや響き高き馴れあいの仲——という言葉がいちばんぴったりするであろう〉

お田鶴やさな子との青春は終わり、おりょうとの大人の時間が始まったのかもしれない。

「或日の龍馬」に描かれた鹿児島の旅のあと、お龍は長崎に住み、その後は下関に身を寄せている。いずれも龍馬を応援する豪商の世話になった。中世史家で、『史料が語る坂本龍馬の妻　お龍』(新人物往来社)の著者、鈴木かほるさんは二人の旅について語ってくれた。

「あれだけ一緒に連れ立って歩いたのは、お龍が一方的についてきたということではあり得ないですね。龍馬が断ればそれで終わる話ですから、そこには龍馬の強い意志があったと思います。いつ龍馬が殺されるのかわからないということは、お互い十分承知していたと思います。俠女お龍を同志として心の支えにしながら精いっぱい生きたいという思いは強かったのではないでしょうか」

龍馬記念館の三浦さんはいう。

「龍馬は北海道の開拓を考えていましたが、そこにもお龍を連れていくつもりだったみたいです。お龍もそのつもりで、アイヌ語を手帳に書きとめて覚えようとしていた。おそらくその後、龍馬が世界に出て、お龍もついてきてほしいといえば、やはり喜んで一緒に行っていたでしょうね。似たもの夫婦だったんでしょう」

しかし、周囲のすべてが結婚と認めていたかどうか。龍馬は乙女姉さんへの手紙のなかで、お龍を何度となくアピールしているが、今とは時代が違うようだ。

「龍馬の親友の三吉慎蔵ですら、日記にお龍のことを『妾』と記していたぐらいです。当時のことですから、当人同士で決めただけでは結婚にはならないでしょう。この時代は結婚に対する考え方が厳しかったですから」

と、三浦さんはいう。

お龍は性格的にはきついところがあり、龍馬の友人たちの間でも、良い評判ばかりではなかった。

『竜馬がゆく』のあとがきで、司馬さんは少しクールに書いている。
〈竜馬の目からみるときらきらと輝いてみえたおりょうの性格は、他の者の冷静な目からみればそのあたらしさは単に無智であり、その大胆さは単に放埒《ほうらつ》なだけのことであったのだろう。おりょうの面白さは竜馬のなかにしか棲んでいない〉

龍馬が京都近江屋で暗殺されたのは一八六七（慶応三）年十一月。お龍は悲報を下関で聞いた。お龍は最大の理解者を失った。

龍馬の死後、お龍は土佐の坂本家に引き取られた。龍馬を描いた明治のベストセラー、『汗血千里《かんけつせんり》の駒』（坂崎紫瀾作）の「土陽新聞」連載時の挿絵には、土佐でのお龍の姿が紹介されている。

大変な美人だが、和服にパラソルを差し、腰にはピストルと、近寄りがたい。京都国立博物館の考古室長、宮川禎一《みやかわていいち》さんがいう。
「リアリティーが込められている絵だと思います。土佐の町でそんな格好は相当目立ちます。『あれ、坂本さんの未亡人だよ』と誰もが振り返るでしょう。これこそがお龍の人柄をすべて表している絵だと思います。土佐に引き取られても、気持ちはひとりぼっちで、それでも背筋を伸ばして歩いていく。内心は心細かったでしょうね」

挿絵のお龍は英語の本を小脇に抱えている。

「これは、江戸の千葉佐那への対抗心もあったかもしれません。明治三十年代になってもお龍は新聞のインタビューで佐那の悪口を語っています。武芸も教養もある女、佐那へのライバル心は、龍馬の死後もずっと持ち続けていたようです。女の戦いは続いていたんでしょうね」

お龍は三カ月ほどで坂本家を出たあと、京都、東京、横須賀へと移り住んでいく。再婚はしたが、あまり恵まれない晩年だったようだ。日露戦争の翌年、一九〇六（明治三十九）年に六十六歳で亡くなった。墓は横須賀市内の信楽寺にある。

お龍は酒が好きだったという。

老いてなお、ほろ酔いで、旅する龍馬を思っただろうか。

カミソリ陸奥の野心

亀山社中、海援隊と長崎で活躍した龍馬の懐刀が陸奥宗光《むつむねみつ》（陽之助、一八四四〜九七）だった。後年に外務大臣として活躍するが、「カミソリ」と呼ばれた片鱗はこのころからある。頭がよすぎるのか、仲間がばかに見え、鋭どい舌鋒で相手をたたきつぶしてしまう。

〈自然、隊中ではみなにきらわれ、ほとんど孤立してしまっている状態だが、ただ竜馬だけは陸奥をかばい、重用し、秘書官としてそとの重要な会合にはかならずつれてゆく〉

切れ者ながら切腹に追い込まれた饅頭屋《まんじゆうや》近藤長次郎と似ているようだが、陸奥は土佐出身ではない。

紀州藩の重臣の家に生まれ、父の失脚後は苦しい生活を送った。やがて脱藩、二十歳で勝海舟の神戸海軍操練所に学ぶ。次第に九歳年上の龍馬に心酔していく。龍馬も、

「わが隊で両刀を脱してでも食ってゆけるものはおぬしとわしだけだ」

と、評価していた。

『竜馬がゆく』の陸奥は、意外な形で期待に応えている。たえず金策に走り回る竜馬のため、ビッグニュースを運んできた。

長崎には当時、豪商で知られた大浦慶《けい》という女傑がいた。上海に密航したとされ、日本茶を輸出することに成功、大金持ちとなった女性で、亀山社中に三百両のカネを貸してくれるという。さらには、一万二千両を出して風帆船を買ってあげると申し出る。

担保のない社中に、なぜ大金を投じてくれるのか。理由を聞く竜馬に陸奥は打ち明けた。

〈「担保は、私です」

えっ、と竜馬はさすがに驚き、顔を真赤にしている陸奥を見ていたが、やがて顔をくしゃくしゃにして笑いだした〉

司馬さんの描くお慶は希代の男好きだが、シャレっ気も強い。

「ただの侍では面白うなか。陸奥さまは日頃、日本一の才覚者は坂本竜馬で、日本で二番目は陸奥陽之助宗光とおっしゃっていますばってん、そげん偉か若侍を、担保として受けとりたい」

竜馬でも手に負えず、若き陸奥では翻弄されるばかりだったようだ。

再びお慶の親戚の子孫にあたる竹谷浩和さんに会った。長崎市でギフトショップを経営し、お慶と同じで日本茶も扱っている。

「竹谷家は大浦家と向かい合う、同じ油商の大店《おおだな》でした。曽祖父の政一はお慶さんに可愛がられ、亡くなったときには位牌をもって葬儀に出たそうです。その娘の祖母によれば、厳格な人だったようですよ」

明治後にお慶は詐欺にあい、大浦家は没落した。大浦家が途絶えると、竹谷家が遺品をあずかることになった。一八八四（明治十七）年、農商務卿の西郷従道《つぐみち》が、二十円を相続人に与えた功労金の「御受書」もある。

「文頭に『婦女ノ身ヲ以テ』とあり、女性の身で日本茶を海外に広めたことをたたえています。西郷の名前ですが、陸奥の指示ですね。お慶が危篤だと知り、恩に報いようとしたが、間に合わなかったようです」

竹谷さんは「龍馬とお慶の九州浪漫茶」と名づけた緑茶も扱っている。「陸奥とお慶」ではなく、プライドの高い陸奥は苦笑しているかもしれない。

一八六七（慶応三）年の龍馬は忙しい。四月に土佐藩をスポンサーとする海援隊隊長となり、六月には後藤象二郎と上京し、船中で大政奉還の策を授けている。西郷隆盛や桂小五郎らに新政府の青写真も提示した。

さらには、「いろは丸」の事件もあった。伊予大洲《おおず》藩の蒸気船「いろは丸」を借りて航行中、紀州藩の明光丸と衝突、沈没してしまう。龍馬は相手の航海日誌を押収、長崎での談判に引きずり込む。

「船を沈めたその償いは　金を取らずに国を取る」

と、丸山の花街では、龍馬が即興で作った唄が流行ったという。

結局、紀州藩は八万三千両もの補償金を払う約束をさせられ、面目を失った。この間、紀州藩出身の陸奥は肩身の狭い思いをしただろう。

もっとも龍馬にとっては藩などどうでもよかった。『竜馬がゆく』では新政権に外交をになう人材がないことを想定し、陸奥にいう。

「外国のことを、わけわからずの公卿や薩長の蛮士どもにまかせられるか。外国のことは海援隊が一手にひき受けねば、とほうもない国辱の沙汰がおこる。おンしは、日本の外務のことを一手にやれ」

陸奥にとって龍馬は予言者であり、太陽だった。しかし突然、太陽は沈むときを迎える。

その年の十一月十五日、龍馬は盟友の中岡慎太郎とともに暗殺される。のちに京都見廻《みまわり》組の犯行の疑いが濃厚となっていくが、発生直後は新選組がまず疑われた。

陸奥は復讐を決意する。

司馬さんは「花屋町の襲撃」(『幕末』所収)という作品を書いている。陸奥は新選組屯所《とんしょ》への斬りこみを狙うが、やがて暗殺の黒幕は紀州藩士、三浦休太郎だときく。佐幕派の大物で、新選組との関係も深い。いろは丸の恨みもある。結局、情報はガセネタだったが、陸奥は止まらない。三浦が宴会をしていた京都花屋町の天満《てんま》屋に、同志十五人とともに突撃する。

もっとも剣に覚えはなかったようだ。「花屋町の襲撃」では、

「まあ、やってみるさ」

と陸奥は自分にいいきかせる。

〈この血の気の多い秀才は、自分の才能を愛してくれた坂本に酬《むく》いるために、すでに死ぬ気になっている〉

陸奥らは新選組随一の剣士、斎藤一などが護衛するなかに斬りこんでいく。龍馬や中岡を失った怒りのためか、斎藤や三浦を負傷させるなど意外な善戦をみせた。双方に死傷者を出し、「天満屋事件」は終わる。

反骨の人生はつづく。

『伊藤博文』（講談社）の著者で、京大教授の伊藤之雄《ゆきお》さんに話を聞いた。明治後の陸奥は伊藤博文との関係が深く、陸奥を調べることが多い。龍馬暗殺についていう。

「陸奥にとっては単に尊敬する先輩を殺されたショックにとどまりません。将来のビジョンは龍馬を通じてしかあり得ず、維新にかかわる可能性すら奪われた気がしたでしょう」

もっとも陸奥はそれなりに遇され、維新後には外国事務局御用掛となっている。しかしすぐに肺炎を理由に辞職した。『翔ぶが如く』に辞表の大意が紹介されている。

〈愚劣な人間が、要職にいる。かれらは門地や僥倖《ぎょうこう》によって顕職《けんしょく》を誇っている。自分が辞めても自分の後釜にはこういう種類の者をもってきてもらってはこまる〉

一八七七（明治十）年の西南戦争の際は、西郷隆盛に呼応する旧土佐藩の動きに連座、政府転覆を狙って逮捕され、五年入牢した。伊藤さんはいう。

「迷走でしたね。西郷隆盛の取り巻きには保守派が多く、陸奥や龍馬が目指した近代政府はまったく志向していなかった。陸奥の合理主義的な考え方からすればあり得ない行動で、おそらく一生後悔したでしょう」

その後、才能を買っていた伊藤博文が後ろ盾になった。欧州に留学させ、外務省入りをすすめ、駐米特命全権公使としている。

「陸奥が縦横無尽の活躍をする土台を築いたのはこの駐米公使の期間だと思います。政治には主義主張が必要ですが、それとともにコンプロマイズ（妥協）が大切だということを学んでいます」

海外を夢見ていた龍馬の思いを実現するように、陸奥は外交で羽ばたいていく。伊藤内閣の外務大臣として活躍した。悲願だった不平等条約を改正し、日清戦争では、三億一千万円の賠償金などを得る下関講和条約を結ぶことに成功している。

「伊藤の陸奥に対する信頼は厚く、日清戦争時点の伊藤は陸奥を後継者に考えていたと思います。しかし、陸奥はやはり、心の底では伊藤に距離を持っていたようですね。藩閥政治を信頼していない。伊藤と離れ、本格的な政党内閣をつくり、自分が首班になろうと画策します。その動きを知った伊藤は失望し、最後は陸奥を見限っています」

結局、陸奥は結核のため、野望を実現することはできなかった。一八九七（明治三十）年、五十四歳でこの世を去っている。陸奥の腹心だった原敬が政党内閣を実現するのは一九一八（大正七）年のことだった。

『竜馬がゆく』では陸奥が説教される場面がよくある。仲間とうまくいかない陸奥に対し、竜馬はいう。

「男子はすべからく酒間で独り醒《さ》めている必要がある。しかし同時に、おおぜいと一緒に酔態を呈しているべきだ。でなければ、この世で大事業は成せぬ」

陸奥は結局、龍馬の境地に立てたのだろうか。

板垣退助と「自由」

　高知市の自由民権記念館を訪ねると、「龍馬の遺志を継ぐもの」という企画展が開催されていた。このテーマで二〇一〇年に四回の企画が予定され、その第一弾が三月二十八日までの「『汗血千里の駒《かんけつせんりのこま》』の世界」だった。坂本龍馬の一生を描いた明治の小説で、『汗血千里の駒』も当時のベストセラーだった。

　一八八三（明治十六）年から高知の新聞社「土陽新聞」で六十四回連載され、京都や大阪、東京の版元があらそって単行本にした。館長の松岡僖一《きいち》さんはいう。

「龍馬が一般民衆の間で最初に英雄として登場するのがこの作品です。人々の心をつかんだのは毎回載せられた挿絵の力が大きい。もちろん印刷はモノクロですが、挿絵に色を塗って保存する人もいたようです」

　袴《はかま》にピストルを差し、洋傘を差す奇抜なファッションのお龍や、ピストルを構えて仁王立ちの龍馬もいる。

　ラストの一枚は龍馬の甥で、自由民権運動の闘士だった坂本直寛《なおひろ》が政談演説をしているカットになる。

「世界に恥じない国づくりに命を懸けた龍馬の遺志が、直寛をはじめとする自由民権運動に引き継がれているという終わり方なんです」

作者の坂崎紫瀾《しらん》も民権運動家だった。土佐出身の坂崎が不敬罪で告訴され、保釈中に書き始めたのが『汗血千里の駒』。幕府と闘う龍馬と、明治の藩閥政治と闘う民権家が二重写しになっている。

「龍馬がもし生きていたら伊藤博文など青菜に塩だと政府の大官もいっていますが、もっと違った政府になっただろうという思いは、土佐の坂崎らにはあったでしょう」

龍馬が暗殺されて以後、土佐の期待は板垣（乾《いぬい》）退助（一八三七〜一九一九）に向けられている。板垣ははじめは政府の高官で、のちに自由民権運動のシンボルとなっていく。当然、記念館でも主役だが、松岡さんは苦笑する。

「私はずっと自由民権の研究をしてきて、高知大学に赴任したときはようやく本場に来たと思ったんですが、意外と板垣の影が薄い。司馬さんのせいかもしれません。『竜馬がゆく』が出るまでは板垣が一番人気だった気がします」

板垣は上士の家に生まれた。後藤象二郎《しょうじろう》とは幼なじみで、二人とも手の付けられない腕白小僧だった。青年時代になると、『竜馬がゆく』にも少しずつ登場する。

まず仲間二人と竜馬を沼地で闇討ちにしようとする。しかし腕が違いすぎてあっさりやられてしまう。

「わしら土佐郷士はお前《まん》ら代々高禄に飽いた連中よりも、もうすこし大きなことを考えちょる」

と説教され、

「負けた」

と、呆然と立ち尽くす。

その後、板垣は勤王化して、竜馬の前にあらわれる。京都で出会い、

「君を尊敬している」

という。

〈身分制のやかましい土佐藩にあって、退助ほどの権門の子が、一介の郷士のせがれにこれほどの態度を示すとは前代未聞のできごとといっていい〉

しかし竜馬は心を許さない。すると板垣は、

「福岡のお田鶴《たず》さんの消息を知っているか」

と、矛先を変えた。

〈退助は、さすが戦術的才能がある。竜馬の泣きどころを知っている〉

恋人のお田鶴さまの窮迫した状況を知らされ、竜馬は突然、板垣の懐に手を入れ、財布を取り出す。

「退助、たのむ。かんべんせい。この金はしばらく拝借する」

板垣は気のいい所を見せ、

「おどろいたな」

とつぶやき、財布をまきあげられている。

板垣が歴史に大きく浮上するのは戊辰戦争からだろう。新政府軍の東山道先鋒の総指揮官として活躍した。

〈甲府城を陥《おと》し、関東を鎮圧し、さらにすすんで会津若松城を攻めおとした間の一連の作戦指導は、他に類をみない〉

と、司馬さんは野戦指揮官としての能力を高く評価している。

しかし明治になってからは軍人の道を歩まず、文官の道を選んだ。

参議となり、岩倉具視《ともみ》や大久保利通《としみち》などがヨーロッパに視察中は、西郷隆盛らと「留守政府」を守った。やがて征韓論をめぐり、帰国した大久保らと対立する。

結局、敗れた西郷、板垣らは下野した。一八七三（明治六）年のことで、ここから板垣の本格的な政治的〝迷走〟が始まる。

まず板垣は「愛国公党」を結成、納税者による議会を開く「民選議院設立の建言」を政府に提出した。『翔ぶが如く』にも、たびたび登場する。

〈板垣自身の言葉では、

「早くこの建議を出して、鎮定したい」

ということであった。満天下の不平士族の不平の爆発を板垣は怖れたのである〉

維新後十年間は、不平士族の扱いが最大の課題だったのだろう。松岡さんはいう。

「板垣や西郷は、政府にいる限り、自分を支えてくれる士族たちの特権を奪う仕事をしなくてはならない。そこで士族の不満をそらすために『征韓論』を唱える。しかし受け入れられなかったため、西郷は鹿児島に帰って私学校をつくり、板垣も高知に帰って立志社をつくります。立志社はまずもって失業した士族の生活互助組合です。また板垣たちは、士族を精神的に鼓舞するために立志学舎を併設しました」

板垣はその後、参議に復帰するが、すぐにまた辞任する。迷走しているうちに、一八七七（明治十）年、ついに西南戦争が勃発する。西郷は私学校の暴発を抑えきれなかったが、土佐はほとんど動かなかった。

「板垣が立ち上がっていたら、おそらく若者が百人から千人単位で亡くなっていたと思います。板垣は若者の意見を抑え込まず、いつも『君たちのいうことはわかる』と、なだめすかしながら時をかせぎ、暴発を防いでいます」

西郷の死後、板垣は自由民権運動のシンボルとなっていく。

当時の「土陽新聞」の広告欄には、「自由」の文字が躍っている。薬の名前で「自由散」「延命自由湯」があり、化粧水は「自由水」、日本酒「自由誉」、大徳利には「自由万歳」や「自由主義」の焼き印もあった。

「『自由』さえつけば商売になった。開放的な流行語だったようですね」

おはじきのような「泥めんこ」には、「自由」「板垣」などと書かれている。子供が政治家の名前で遊ぶほどだったようだ。

一八八一（明治十四）年十一月には自由党総理となり、翌年四月、遊説先の岐阜で暴漢に襲われ、負傷した。

「『板垣死すとも自由は死せず』という台詞を残したとされる事件で、さらに人気は沸騰した。板垣の絶頂でしたね」

しかし板垣はその後、なぜか七カ月もの洋行に出て、政府打倒の流れに水を差してしまう。帰国直後に、いったんは自由党解散を宣言している。また明治三十一年に大隈《おおくま》重信とともに発足させた「隈板《わいはん》内閣」も、わずか四カ月の短命に終わった。

司馬さんは「板垣とその伝記について」（『司馬遼太郎が考えたこと7』所収）で書いている。

〈反政府運動に身を置きつつも、運動者としての年季が入っていないためにつねに素人くさく、つねに素人くささのためにじぐざぐの行路をとってしまったことである〉

もっとも、松岡さんは別の見方をしている。

「板垣には自由民権の思想がある一方、明治の元勲としての責任も感じていたと思います。内容には不満だが、できた憲法は守らなくてはならないと考えます。国をつくった者だけが感じる責任でしょう。さらに自由民権運動は祭りのように終わりましたが、蓄積されたものは、地下水のように流れ続け、機会をみつけては湧き出ます。大正デモクラシーだったり、戦後の民主化だったりで、板垣の仕事がむだだったわけではありません」

晩年は、私財を投じて社会改良運動に取り組んだ。

「自分がこんにち人がましく世に生きていられるのは、坂本、中岡（慎太郎）両先生のおかげである」

と、語ることもあったという。

〈維新の果実だけを、板垣退助や後藤象二郎といった上士出身者が食うというかたちになった。板垣の人のよさはこのことを痛いほど知っていて、維新後あらためて革命家になろうという衝動をときに持つような初心《うぶ》なところがあった〉（『翔ぶが如く』）

竜馬同様、土佐の上士が嫌いな司馬さんにしてはタッチが優しい。

血縁者たち

坂本龍馬（一八三六～六七）の一族として、全国の龍馬ファンや研究者によく知られている二人がいる。

東京にすむ坂本登さんは坂本本家の当主。龍馬の兄の権平《ごんぺい》から数えて五代目になる。防災設備の会社を経営し、最近は頼まれて龍馬のシンポジウムなどに参加することが多くなった。

「パネルディスカッションで西郷隆盛さんの子孫にお目にかかったことがあります。いろいろな方とお会いしますよ。横井小楠《しょうなん》や勝海舟の子孫、敵方ですが近藤勇の子孫の方とも握手をしたことがあります」

龍馬ファンの集まりに出ると、とにかく握手を求められるそうだ。照れくさそうに登さんはいう。

「私は龍馬のような生き方をしたいと思ったこともないし、『竜馬がゆく』もいい小説だなと思って読んだ程度です。そんな私と握手しても仕方がないのにとは思いますが、実によく頼まれる。それだけすごい先祖だということですし、龍馬が今でもみなさんとの出会いの場を提供してくれているんだなと思っています」

握手をしてもらうと、どっしり温かい手で、ファンが喜ぶのがなんとなくわかる。

登さんの父親は画家の坂本直行《なおゆき》（一九〇六〜八二）。後述するが、「ちょっこうさん」と呼ばれて親しまれた山岳画家だった。

直行さんが冬の登山中に生まれたので、登さんと名がついた。

「私は北海道の広尾町の出身です。父が不在で、母が家畜の世話で雪の中を動き回っている最中に産気づいた。生まれたのは馬小屋でしたよ。当時は零下三十度にもなりました。そんな家の床の間に、なぜか西郷隆盛や勝海舟の掛け軸がかけてありました。親父が自慢げに、『これは西郷さんの書だよ』といっていたのを覚えています。しかし、けっして龍馬の取材は受けず、語らなかった人でもあります。ですから父からの伝承というものはありませんでした。龍馬の一族についての話は、神戸の土居さんに聞かれたらいいですね」

龍馬が航海術を学んだ青春の地、神戸には、長年にわたって龍馬一族の研究をしてきた土居晴夫さんがいる。最初の著書が『坂本家系考』（土佐史談会）で、近著に『坂本龍馬の系譜』（新人物往来社）などがある。

土居さんは、いちどだけ司馬さんに会ったことがあるという。司馬さんが『竜馬がゆく』を書き上げたのは一九六六（昭和四十一）年だが、その二年後が明治百年だった。

「その年に司馬さんの講演が高知であって、私も招かれて聴きに行ったんです。翌日、空港で高知新聞の人に紹介され、大阪まで飛行機で一緒に帰ったことがあります」

このころすでに土居さんは歴史の研究を始めていた。神戸市の職員で、金曜の夜に夜行の船で高知に行き、週末は図書館にこもり、また夜行で帰る。土居さんの研究の原点となった日々で、七、八年続けたという。

「そんな時期の私に司馬さんは、小説家と歴史研究家との立場の違いをわかりやすく説明してくれた。非常に感銘を受けましたね」

司馬さんは眼下の瀬戸内海の島々を見ながらいったという。

「たとえば島の歴史や産業など、目に見えるものを丹念に調べていくのが歴史研究家の仕事だとすれば、私のような小説家の仕事は、島と島との間にありますね。いまは何も見えない海底を想像して書くことだと思います」

当たり前だが、『竜馬がゆく』は小説で、司馬さんの描く竜馬はフィクションの世界にいる。

「龍馬が江戸の桶町千葉道場にいたことは、われわれもよく知っています。しかし千葉定吉の娘、佐那子と本当に恋仲だったのかはわかりません。それは司馬さんのいう『海底』ですね。司馬さんははっきりと、『私は歴史家ではありません』とおっしゃってました。『龍馬』を『竜馬』と書かれるのにはどうにも納得はいきませんが、司馬さんの龍馬ということでしょうね」

土居さんの祖父が坂本直寛《なおひろ》（高松習吉。のちに南海男、一八五三〜一九一一）。龍馬の姉の千鶴の子で、龍馬の甥《おい》にあたる。明治後に坂本本家を継いでいる。

自由民権運動の闘士として活躍し、板垣退助に薫陶を受けた。メキシコ移住を計画するが挫折、その後は北海道開拓に方針を変更し、一族を率いて移住する。晩年はキリスト教の牧師として道内で布教した。土居さんには祖父を描いた『坂本直寛の生涯』（リーブル出版）という著作もある。

激動の人生だった直寛には十一歳上の兄がいた。高松太郎（一八四二〜九八）で、その後は小野淳輔、坂本直《なお》と名を変えた。直となったのは、朝廷から坂本龍馬家を建てるようにいわれ、その当主となったためだ。

「高松太郎は龍馬とは叔父、甥の関係でしたが、七歳しか違わず、弟のような存在でした。仲はよかったようですね。兄のような龍馬に引きずられるように、ほとんど同じ道をたどりました」

龍馬と同じく、高知市内の日根野《ひねの》道場で剣を学び、武市《たけち》半平太を盟主とする土佐勤王党にも入っている。龍馬にすすめられ、勝海舟に師事し、海軍術も学ぶ。この時代から、『竜馬がゆく』でもときどき登場する。

神戸にいる竜馬を訪ねる場面では、

「太郎、おンしをよく肩車《くびきんま》してやったもんじゃ。おぼえちょるか」

と、優しい言葉をかけられている。

亀山社中、海援隊でも活躍した。

「海舟の門下生のなかでは成績はよかったようで、それなりの航海技術も身につけています。薩摩の小松帯刀《たてわき》と交渉したり、海援隊の大坂の出張所をまかされたりもしています」

しかし龍馬あっての太郎だったのかもしれない。土居さんは『坂本龍馬の系譜』のなかで書いている。

「淳輔（高松太郎）は龍馬の甥をカサにきて、態度が太かったのではなかろうかと思う」

龍馬の死後は、海援隊の仲間たちとは別の道を歩き、北海道の箱館府（北海道開拓使の前身）につとめている。札幌市教育文化会館館長をつとめた好川之範《よしかわゆきのり》さんの著書『箱館戦争全史』（新人物往来社）に、この時期の太郎について書かれている。

「箱館における坂本直（高松太郎）の役向きは、外国方主任官、つまり外交である」

北海道の開拓に情熱を持ち、さらには世界を視野に入れていた龍馬の甥らしい仕事ではあった。アイヌ民族を差別しないことなどをまとめた建白書を提出、戊辰戦争では榎本軍とも戦っている。しかしほどなくして北海道を去り、その後につとめた東京府、宮内省でもあまり出世はしていない。情熱が空回りするタイプだったようだ。好川さんはいう。

「龍馬の死後、土佐系は薩長に押されて冷遇されたという事情もあります。龍馬の背中を追った高松太郎ですが、人望ばかりはまねができなかったようですね」

土居さんは「いごっそう」だとみている。

「いごっそうは、異骨相と書きます。気風《きっぷ》がいいとか、気性が激しいとかいう意味では本来なく、たとえば黒を白、白を黒と言い張るような頑固者です。新政府になって、爵位をもらっている海援隊士もいますが、高松太郎はついにもらっていない。土佐系の多かった宮内省でも出世ができていない。いごっそうですわ。世間を渡るのが下手ですね」

それに比べて、龍馬はしたたかだったと、土居さんはいう。

「たとえば、土佐勤王党を弾圧した後藤象二郎《しょうじろう》と龍馬は手を結んでいる。龍馬は後藤を猿回しの猿と見立てて、自分が操ろうとしていた。これが政治で、龍馬はけっこう腹の黒いところもある。高松太郎にはそんなことはできません」

高松太郎は明治二十二年に宮内省を免職になったあと、高知へ戻り、明治三十一年に五十七歳で亡くなっている。龍馬と同じく華々しい道を歩いたが、静かな晩年となった。

しかし「人望」だけはなかなか身につくものではないだろう。『竜馬がゆく』でも、長州の桂小五郎が初対面の竜馬に魅せられ、つぶやく。

〈こういうのを人物というのかもしれない。おなじ内容の言葉をしゃべっても、その人物の口から出ると、まるで魅力がちがってしまうことがある。人物であるかないかは、そういうことが尺度なのだ〉

桂小五郎自体、龍馬とはちがう自分を気付かされてしまう。まねのできない龍馬の魅力がそこにあった。

龍馬の未来図

　函館市元町の坂の途中に函館ハリストス正教会がある。この教会は、龍馬にわずかな縁がある。日本にロシア正教を広めたニコライ神父は、箱館（函館）のこの場所で布教を始めた。一八六一（文久元）年のことで、司馬さんは『街道をゆく15　北海道の諸道』に書いている。

〈当時、箱館のような町にも攘夷浪士がうろうろしていて、そのなかでも沢辺琢磨という者が有名であった。かれはニコライを斬るべくやってきて、その話をきくうち、逆にその信徒になってしまった〉

　沢辺琢磨（山本数馬）は龍馬のいとこ。剣術修行のために江戸にいたが、トラブルをおこして身の置きどころがなくなった。「切腹させろ」という声もあったが、龍馬は、武市半平太と相談して北海道行きをすすめている。

　剣術の腕を見込まれ、函館山の山腹の神明社（現・山上大神宮）の婿養子になっていたのに、ニコライ神父に深く共感した。斬ろうとして信者になるあたり、龍馬と勝海舟の出会いを思わせる。

神社が気の毒になってしまう話だが、沢辺は日本人信者第一号となり、正教会史に名を残した。東北地方を熱心に布教し、東京・神田駿河台のニコライ堂の建設にも尽力した。一九一三（大正二）年に七十九歳で亡くなっている。なお、沢辺は箱館からアメリカに密航しようとした、同志社の創立者・新島襄《にいじまじょう》の手助けもしている。

龍馬を暗殺したとされる男も一時期、箱館にいたことがある。元・京都見廻組の今井信郎で、戊辰戦争で各地を転戦、土方歳三らとともに、榎本武揚《えのもとたけあき》の五稜郭政府に参加した。「海陸裁判官」という地位にあり、五稜郭では大部隊の衝鋒隊の副隊長でもあった。

北海道史研究協議会の近江幸雄さんは、今井について、「ツイてる男です」という。

「いよいよ落城も間近になり、衝鋒隊は五稜郭城内で牛鍋で最後の酒宴をするんですが、その最中に、新政府軍の砲弾が直撃します。隊長が死ぬなど幹部ら十数人が死傷しますが、今井はちょうど風呂に入っていて無事でした」

降伏後、龍馬暗殺の嫌疑を受け、今井は取り調べを受ける。もっとも手は下さずに見張りをしていただけだと主張、認められて軽い処分で終わった。司馬さんは『竜馬がゆく』のあとがきに書いている。

〈手をくださず見張りうんぬんとはうそかもしれない。この点、永遠になぞである〉

見張りではなく、先陣を切ったとする説は根強い。近江さんはいう。

「明治年間にも今井のことは大きな話題になったことがあります。戦前の本のなかで、家族に真相を聞かれた今井が、『人殺しは俺に相違ないと主張して争ふ奴があるか』と一笑に付したというくだりがありますね」

今井はその後、静岡県に住み、熱心なクリスチャンになった。村長にもなり、箱館時代について書いた『蝦夷之夢』という文章もある。

龍馬こそ、北海道（蝦夷地）に夢を抱いていた。当時、北海道沿岸の各地にロシアの影があった。樺太（サハリン）や千島列島はもちろん、津軽海峡でもロシアの船影がしきりで、これが幕末の活動家たちの国防意識を鋭く刺激した。吉田松陰、西郷隆盛も関心があったというから、活動家たちにとって、北海道は一種のブームだったのかもしれない。司馬さんは『街道をゆく12　十津川街道』（以下『十津川街道』）に書いている。

〈坂本竜馬の思想の核は貿易による近代国家の成立というところにあったが、しかし北海道にも熱中した。時期も、西郷より早かった〉

盟友の武市半平太が土佐で刑死したころで、『竜馬がゆく』には、かなり北海道の話が出てくる。友人で、のちに池田屋で闘死する北添佶摩《きつま》を口説く。

〈竜馬の夢は、瀬戸内海に、浪人商船隊、浪人艦隊をうかべ、なしうべくんば北辺の北海道に浪人陸軍を作りたい、ということである。「（略）北添、お前は陸軍を率《ひき》いる。倒幕の事成れば、北辺の護《まも》りとなって開墾せい。わしは海運業でもするわい」〉

龍馬は仲間たちが幕末の動乱期に次々と死んでいくことに我慢がならなかった。さらに倒幕が実現したあとの仲間の処遇まで考えていた。

〈かれにすれば新政府ができれば浪士たちは無用の存在になる。——みな北海道に移ろう。というのが、かれの意見で、(略) かれのこの考えは相当ひろまっていた〉

と、『十津川街道』にはある。

龍馬にとって倒幕はあくまで「片手間」であり、他の志士とは「視座が違う」と、司馬さんはよくいっていた。拠点だった下関で交易の面白さを学んだ龍馬にとって、北海道は魅力的な舞台だったのだろう。

しかし、その志は子孫に受け継がれたようだ。

龍馬の甥の坂本直寛《なおひろ》は、一八九七(明治三十)年、北海道のクンネップ原野(現・北見市)に入植している。キリスト教の信者だった直寛は、入植のために仲間たちと作った会社を「北光社」と名づけた。入植者を募集するために高知県に出した新聞広告には、

「そこには政治の圧力もなく、なんら束縛もない。迷信も罪悪もない」

とある。

高知県の人々が北見に到着したのは五月七日。高知を出た船は日本海を北上して稚内へ、さらに網走へと向かった。春のオホーツク海にはまだ流氷が残っていて、三度も稚内に引き返したという。『北見(くんねっぷ原野)を拓いた〜土佐の異骨相たち〜』(北

見ブックレット）の著者、岡村功さんはいう。

「貨物船を客船に急ごしらえにしたのですが、はしかが蔓延し、子供を中心に三十人ほどが亡くなっています。開拓も苦労の連続でした。ようやく収穫できるようになったと思えば川が氾濫したりね」

岡村さんは三代目で、もともとは高知県葉山村（現・津野町）の出身。龍馬が脱藩した道のあるところだ。

「いまでは土佐弁はほとんど聞かれませんけど、子供のころ、いたずらをすると、『おんしゃあ、ぷーたくよ』といわれました。お前、たたくよといった意味ですね」

高知と北見の交流はさかんで、両市は姉妹都市になっている。毎年五月七日には、北見市の高知県人会が集まりをもつ。その県人会に参加すると、料理には見事な初鰹のタタキが出た。県人会の一人が笑っていった。

「私の先祖は浦臼町の聖園農場に入植したんですが、酒を飲んだということで他の土地に住むようにいわれた。キリスト教ですから仕方ないですが、高知県人に酒を飲むなといっても、そりゃあ無理ですよ」

直寛はその後、浦臼町の聖園農場も指導した。さらにキリスト教系新聞の主筆もつとめ、最後は牧師となっている。札幌市在住の作家、合田《ごうだ》一道《いちどう》さんには、『龍馬、蝦夷地を開きたく』（寿郎社）という著書があり、直寛について書いている。

〈直寛は札幌北一条教会に移り、浦臼の聖園教会にもしばしば姿を見せた。人々は直寛を〝祈りの人〟と呼んで慕った〉

直寛の孫が山岳画家の坂本直行《なおゆき》で、前稿に登場した坂本登さんの父親になる。

その作品は、帯広市に本拠をおく菓子メーカー「六花亭」の包装紙にずっと使われている。キタコブシ、エゾリンドウといった、北海道の山野の可憐な草花が描かれている。

北大農学部を卒業後、一九三六（昭和十一）年から現広尾町の原野に入植する。以後二十五年間、開墾生活をしながら描き続けた。新聞記者時代の合田さんは坂本直行さんに何度も会ったことがある。

「龍馬の末裔といった話はしませんでしたね。どちらかというと嫌がりましたから。しかし古武士のような人でした。生きる根源は農である。花が咲くのも土の力だと。いっていることの一つひとつが哲学だったんですよね」

二〇〇六年には、帯広市から近い中札内《なかさつない》村にある「中札内美術村」で、坂本直行生誕百年を記念する展覧会がおこなわれた。その後は高知県立坂本龍馬記念館でも展覧会が開催された。生涯を書いた『日高の風』（滝本幸夫、中札内美術村刊）にはこう書かれている。

〈坂本直行―北の山の巨人。自然児にして反逆児。組織や体制には絶対的に組しない。（略）風のように人生を歩く〉

まさに、「竜馬」がそこにいた。

最後に札幌市中央区の円山墓地を訪ねた。ここには、坂本家の人々が眠る墓がある。「土佐國　山内侯之家臣　坂本家」と書かれた墓誌もあった。一九四六年に、直行の父の弥太郎が建てたもので、龍馬の名前も彫られている。墓誌のうしろに、レンギョウが咲いていた。まぶしいほどの鮮やかな黄色の花が、五月の風に揺れていた。

余談の余談❶

一番最初の読者が受けた明るい光

山形真功

司馬さんは、一九六〇（昭和三十五）年一月に直木賞受賞決定となり、翌年三月に産経新聞社を退社、作家活動に専念してゆく。

当時の住まいは、大阪市西区西長堀の、日本住宅公団が建てた通称マンモスアパートの十階だった。その部屋からは、旧土佐藩蔵屋敷の「土佐ノ稲荷」を見下ろすことができた。そこで、司馬さんは『竜馬がゆく』を書き始める。

本書の（十六ページ）に、『竜馬がゆく』の産経新聞連載原稿料は一月百万円だったことが書かれている。

司馬さんの話では、そのころの新聞連載小説原稿料は一月三十万円が普通だった。司馬さんと時の産経新聞社社長の水野成夫氏との間で、いらない、出すの押し問答がつづき、水野氏が、それではごみ箱に捨てちゃってくださいとまで言う場面もあったそうだ。

そんなところに、百万円なんていうのはとんでもない額だと、本気で抗議を申し入れた人がいた。文化部記者の、福田みどりさんだった。それは、産経新聞の記者としての意識からだったと、のちにみどり夫人は語っている。

もちろん、「司馬さんの小説の一番最初の読者」は、みどり夫人だった。

「一番最初に『竜馬がゆく』の原稿の一枚目を読んだときに、いかにも晴れ晴れとした明るい日がさしこんできた感じの記憶が強烈に私の中にあるんです。そして同時に、私たちの未来にもいっぱい光があるんだ、ほんとうに最初の一枚目のときに、光がぱーっとさしこんだ感じが私の中にあった」(福田みどり「司馬さんとの三十七年」、中公文庫『司馬遼太郎の跫音』所収)

四十四年前に、「一番最初の読者」が受けた明るい光は、いまも『竜馬がゆく』のページを開けば、さしこんでくる。

余談の余談❷

司馬作品のなかの味覚と聴覚と視覚について

和田　宏

ふと気がつくと、あれだけ長い『竜馬がゆく』のなかに味覚の話がほとんどない。竜馬はふだんなにが好物だったのだろう、筆者のような俗物には気になる。また江戸や京や長崎の料亭が何度も登場するのに、どんな料理が現れたのか書かれていない。一同ただひたすら大酒を飲んでいる。

司馬さんにそれを質問したとしたら、驚いて「そんなことよりもっとおもしろいことが一杯あるじゃないか」というだろう。なにしろ食べ物にまったく興味が持てない人なのである。子どものときから、食堂に連れて行かれても食べたいものがなくて困ったそうだ。

さすがに軍隊時代は食事の選り好みはできなかったろうと思うと、戦友の証言ではメシに関心がなく、その間しゃべってばかりいる兵隊だったという。『街道をゆく』で長い間、旅をともにした画家の故・須田剋太氏も、あんなに少食な人は見たことがないといっている。

酒も好きではないが、会社時代には行きつけのバーもあったと聞く。が、のちの酒席から判断するとアルコールよりも人付き合いが好きだったのではないか。いつもほとんど酒には口をつけずにタバコを片手に快談していた。

司馬作品には音もあまり出てこない。カラスがカアと鳴かないし、鐘がゴーンとも鳴らない。竜馬が三味線を弾き、おりょうが月琴を奏でたりする音曲の場面もあるが、書き手の興味は鳴り物よりも歌詞のほうであることがわかる。

だが、読んでいて不足感をまったく覚えないのは、情景描写がそれを補完してあまりあるからである。画家のような鋭い観察眼があり、それに応える表現力を存分に備えている。その上それらを支える状況分析能力（歴史認識）にすぐれていて、食べ物や音響のいろどりが必要でなく、かえって邪魔なのである。こういう作家はめずらしいと思う。

余談の余談❸

『竜馬がゆく』周辺から小さな話あれこれ

和田　宏

身長……乙女姉さんは竜馬と同じ五尺八寸（一七六センチ弱）。当時としては男にまじっても頭ひとつ出てしまう。武市半平太が好きだったらしいが、かれがほぼ六尺（一八二センチ）と聞くとその気持ちがわかる。

人相書……竜馬を「色黒き方《ほう》」とか「眉ふとく口もとひきしまりたる大男」といった具合に幕府方は手配した。こんなもので役に立つのかというと立つのである。江戸期は相互監視の社会であり、よそ者の隠れる場所がなかったから。幕末の京では人相に関係なく刃物で片づける新選組方式がはやった。

旅……足が達者でないと志士にはなれないようだ。竜馬は健脚だったが、上には上がいて、東海道は十三日かかるところを岩崎弥太郎は大坂までも八日で行ったし、中岡慎太郎は觔斗雲《きんとうん》を持っているといわれた。薩摩の大山弥助（巌）は京と江戸を三十往復したという。その燃料はおもにメシと梅干し。

武士……町なかを刃物を二本ずつ持った男どもが歩いているのは物騒だが、ふだんは町人から「抜けるものなら抜いてみろ」とからかわれてもできなかった。事件を起こせばどの藩も財政逼迫《ひっぱく》中ですぐにリストラされたから。幕末になると本気で斬りつけてきた。脱藩《ダッサラ》してどのみち給料がなかったから。

名前……竜馬の姪《めい》の名は春猪《はるい》で、その子は鶴井と兎美《とみ》。子どもの健康を願って動物の名をつけるのは土佐の風習だ。武市半平太の幼名が鹿衛《しかえ》と聞くと花札の役ができそう。のちの馬場辰猪・孤蝶兄弟も土佐の人。

埋蔵金……薩長が倒幕を急いだ理由は、幕府の重臣・小栗上野介《おぐりこうずけのすけ》がフランスから莫大な借金をして諸藩をつぶし、幕府による郡県制を企画したからである。小栗は解任されて知行地の群馬県に隠れたが、大金を持ち帰ったとして、その三日後から人が押し寄せ、今日まで探す人が絶えない。

講演再録「時代を超えた竜馬の魅力」

会社勤めをしていますと、だいたい課長さんは部長さんより若く、係長さんのほうは課長さんより若いですね。皆さん、年齢の秩序の中に入って暮らしています。

ところが小説を書いていると、そういう秩序の世界は忘れてしまうものですね。自分では若いと思っていても、気がつけば相当な年になっている。統計的にいえば幾何《いくばく》も生きるわけでもありません。そういうわけで、今日はなるべく日ごろに自分が考えていることを言いたいと思って、自ら進んで高知へ来ています。

『竜馬がゆく』についてお話ししたいと思っているのですが、竜馬についてはのちほどお話しいたします。まずは私の雑感といいますか、昨今の感想を聞いていただきます。

男の人でも女の人でも、初めから終《しま》いまで、自分のことばかり話している人がいますね。自分というものが、話題にする価値があると思っていらっしゃる人です。普通はあまり自分のことばかり話すと迷惑がられる。ところが作家にはそれが許されます。

文学というものは本来、自分を語る芸術形式です。自分もまた「人類」の一人です。その自分をのぞきこむことで、自分のなかにいる普遍的な人類をのぞきこむ。自分を人類の一サンプルとして書くというのが、文学の本道のようであります。

もっとも私は、自分を語ることがきわめて苦手なのです。自分というものはあまり価値がある人間ではないと、つねづね思っています。当然、自分を書くことが苦手です。

しかし、私には道楽の能力もないのです。勝負事も嫌いだし、ゴルフもできません。いわばゴルフをするつもりで、これなら誰にも迷惑にならないからいいことだと思って、小説を書き始めました。自分のことはわかりませんが、人のことはわかる人間だと思ったのですね。それで、自分以外の人間ばかりを書いてきました。

小説を書き始めたのは、もちろんそればかりではありません。私のこれまでの経験の中でいちばん大きかったことは、やはり戦争末期に兵隊にとられたことです。命があって敗戦を迎え、

「なぜ、こんなばかばかしい国に生まれたのだろう」

という思いが強うございました。

人の国を侵略し、うまくいかなくて敗れた。当然ですね。リアクションは必ず起こります。中国を侵略すれば、世界の列強からリアクションを受ける。中国からも受け

る。自分の国を運営するうえで、他の国のことを考えない、浅はかな国でした。他の国の人間を死なせ、自分の国の人間を死なせて敗戦になったわけです。そのとき、織田信長だったらそういうことをするだろうかと考えたのです。

信長が特別偉いというわけではありませんよ。尾張から身をおこし、手ずから自分の王国をつくった男ならそんなことをするだろうか。そんなばかなことはしなかったと思うのです。自分の国を大切に思うのなら、けっしてしません。

私は決めました。日本という国を大切につくり続けてきた日本人たちを書き続けることにしたのです。

やってはいけないことをしたのは、明治以降の、軍人を中心とする官僚でした。しかし、彼らばかりではありません。新聞人をはじめとする、言論人もけっして無縁ではありません。

皆が未熟でした。それぞれ個人的には「愛国」の立場にあったのでしょうが、皆未熟で幼かった。やはりひとつの国や社会が成熟するには時間がかかるのでしょうね。日本の近代化はいま百数十年を超え、ようやく社会は近ごろ成熟してきたようでもあります。

しかし一方で、大丈夫かなという気持ちもあります。近ごろ、頼りなさそうな、かげろうのような青年が増えてきた気がしています。こういう人々が、はたして立派な市民として将来やっていけるだろうか。日本全体の電圧が低下しているのでしょうか。

私は二十一世紀の日本についてはいろいろ想像したりします。

人口の半分は遊ぶと思うのです。ちゃんと働く人々はもちろんいるでしょうが、それらに参加したくないという人々も出てくるでしょう。すでに現在もその兆候がありますね。社会に富があればの話ですが、遊んで暮らす人になりたいと思う青年が増えてきても、不思議でもなんでもありません。

しかし、どうせ遊んで暮らすというのなら、できるだけ知的に遊んでほしいと私は思うのです。

昨日、高知の飛行場に着きましたら、「竜馬生誕百五十周年」ということでしょうか、たくさんの人に出迎えていただきました。高知に来たことは何遍あったかわからないほどですが、こんなことは初めてでした。「竜馬」と書いた旗のようなものを持っている人がいたりして、「一緒に写真を撮ってくれ」と言われました。

私はこれは何なのだろうと思いましたね。少し滑稽な感じでした。

高知県というところは他の県に比べ、颯爽《さっそう》とした、自分に自信を持っていた県であります。自分に自信がなくなったのか、それとも自分の甘い部分を、竜馬という人物に自己同一化させているのか。悪口じゃないんですよ、愛をもって言っているんですよ。

竜馬の銅像が桂浜に建っています。

昭和三年（一九二八）でしたか、高知県出身の彫刻家で、本山白雲《もとやまはくうん》という方の作品です。高知の青年たちがタバコ一箱分のお金を集め、ようやくできあがった見事な作品です。

銅像には空間が必要です。

ローマやベネチアの写真を見ますと、広場に銅像が置かれていますね。広場という空間に置かれ、はじめて銅像は生きます。

日本の銅像は普通、なかなか空間にめぐまれません。街角にぬっと建てられているものが多いですね。

けれども桂浜の銅像は実によくできています。小さな岬の上に建てられ、大空間に配慮があります。つくった人も偉いが、あの土地を選定した人も偉いですね。高知県の人たちのセンスを感じさせる銅像です。

明治維新をリードした県であり、自由民権運動をはじめに提唱し、最後まで唱え続けた県でもあります。近代日本にとっては第一等の県です。

偉い人が多いですね。

近代日本の植物学者で、牧野富太郎がいます。夏目漱石のお弟子さんで、逆に師匠の漱石に尊敬された物理学者の寺田寅彦《とらひこ》も高知の人です。この人はすぐれた文章家でもありました。

明治期の日本の風景をすぐれた文章で書き残した人に、大町桂月《けいげつ》がいます。高知県が輩出した作家は多く、みなそれぞれ独自の人ばかりです。

上林暁《かんばやしあかつき》は私小説に不滅の功績を残しました。安岡章太郎さんもいます。宮尾登美子さんもいます。非常に魅力的に、現代の側面を物憂い文体で描き上げた倉橋由美子さんもいる。こういうすぐれた言語能力をもった県はなかなかない。ところが最近は非常に沈滞していて、高知県の青年たちに聞くと、大学受験に非常に不利な県になっているという。

偏差値が低いそうですね。なぜこんな優秀な県民の偏差値が低いのか、私にはわかりません。この不思議さを研究した人がありまして、『いま教育を問う——高知の現実を手がかりに』という題の本を書き、私に送ってきた人がいます。広島大学の教授で、その人は高知県人でした。悔しくて仕方ないから書いたんでしょう。

若い人に話を聞くと、受験場で他の四国三県を見ると、身がすくむ思いがするとまでいう。そのうちだんだん自分というものがなくなるのか、「自分たちの国には坂本竜馬がいるじゃないか。よく考えてみると竜馬は勉強が嫌いだった。自分も嫌いだ。自分だって竜馬になれる」

これは大飛躍ですね。こんなことで「竜馬、竜馬」という青年が増えたところで、坂本竜馬が喜ぶはずもないのです。

日本が単一民族とは私は思いません

「おれの国に竜馬が出た」

と思うことは大事です。高知県人は竜馬を愛してほしい。しかし、坂本竜馬はある時期の人間であり、ある時期の精神なのです。坂本竜馬を愛しているけれども、自分は別なものを築くのが当たり前です。過去の伝統にたよるのは、やはり人間としてひよわなことなのです。

もう少し、高知の話を続けます。

江上波夫《えがみなみお》博士という、すぐれた古代史家がいらっしゃいます。『騎馬民族征服王朝説』という、ショッキングな論文を書かれた方で、八十歳になろうかというご年齢です。ある夕、食事をしていておっしゃいました。

「日本人の顔には、いろいろな顔がありますね。全部、海を渡ってきた人ですね。揚《よう》子江《すこう》（長江）の河口から来た人。ポリネシア、インドネシアから来た人。沿海州から来た人。満洲（中国東北部）から朝鮮半島を通過して来た人。いろいろな顔がありますなあ」

われわれには、ちょっとわからない感受性をお持ちの方なんです。江上さんは机上の歴史家ではなく、若いころから一貫してフィールドワークをされてきた。ひょっとしたら今日あたり、チベットの山にでも登られているかもしれません。とにかく現場感覚で話をされる方なのです。

私も江上博士に同感です。日本が単一民族でできているとお考えの方もいますが、私は全然そうは思いません。たとえば新潟県人と高知県人とでは違いすぎますね。秋田県人と鹿児島県人でもずいぶん違う。いっそ人種が違うと思ったほうがいいかもしれません。

八世紀の奈良朝政府は日本をいくつかに分類しました。西海道《さいかいどう》といえば九州です。中部地方は東海道。和歌山県と四国が南海道。

その南海道がおもしろいのです。なるほど南海道の文化というのは共通したものがあります。

いまは血液型がはやりですが、南海道の人間にはO型が多いようです。人の上に立つ、くよくよしない人に多いのがO型だそうですが、これは黒潮が運んだ血だそうですね。

鹿児島と高知と和歌山の南端に集中的に多い。要するに南海道に集中的に多い。南海道の人は人間がおおらかで、声が大きいでしょう。和歌山の人も高知の人も、電話をかけてくるとすぐわかります。

しかし、どういうわけだか、高知以外の四国三県は南海道の気質を失いました。非常にこまごまとした仕事に向く県になりました。

三県とも、江戸時代には小さな藩に分かれたということもありました。江戸時代の小さな藩には、学問の好きな藩が多かった。小さな藩は学問で自分の藩の存在を示すしかありません。偉大な医者を出すとか、漢学者を出すとかすれば、その殿様は大喜びで江戸城で自慢ができます。

たとえば津和野藩という小さな藩に西周《あまね》という人がいます。江戸末期に生まれた西周は、やがて明治の巨大な頭脳になりました。漢学もでき、オランダ語も英語もできた人です。

西洋語に対応する日本語をつくりあげた人たちの中心的な人です。哲学、理性、主観など、彼らがつくりあげた言葉は多い。西周のおかげで小説も書け、自分の気持ちも言える。相手の立場を察することもでき、県の立場も、国の立場も表現できる。偉大な人でした。要するにこういう学問的に偉大な貢献をした人は、小藩の生まれの人が多かった。

その点、大藩はおおらかでした。

土佐は四国一の大藩であり、これだけ広い面積の藩は、日本でも少なかった。石高《こくだか》は少ないのですが、一国一藩の大藩です。宇和島藩や松山藩が一生懸命に勉強しているときに、どこかのんきでおおらかでした。南海道そのものでありつづけました。

そして、大藩の貢献というものは、もっと政治的でありました。

土佐は薩長肥とともに明治維新の担い手となりながらも、明治以後は自由民権運動を展開し、野に下りました。華やかな舞台に立つことはなく、その後は低迷することにもなります。しかしながら、大きな仕事を近代日本に残したことは間違いありません。

そのなかでももっとも大きな仕事を成し遂げた男、坂本竜馬について、以後、お話し申し上げます。

先ほども申し上げたように、私は小説を書くにあたって強い野望があったわけではありません。運よく直木賞をいただき、娯楽が職業になりました。いささか面倒なことになったと思いながら二、三年が過ぎ、その後、『竜馬がゆく』を書くことになりました。もっとも、書く動機というのは平凡で、おかしなものでした。

新聞社の後輩に、高知県出身の男がいました。昔の土佐中学を出て、海軍兵学校に進み、戦後に大学に入り直したあとに新聞記者になった男です。渡辺司郎君といいます。

血液型はO型でした。こまごましたことが表現できない、しかしそれでいて神経こまやかな、典型的な土佐人でした。彼が遊びに来て言いました。「これは仕事で言っているのではなくて、自分の国の土佐には坂本竜馬という男がいる。竜馬を書いてくれ」

べつにそのときにはその気がなかったのです。すぐほかの話に移り、その話は消えました。ところが翌日から一週間ほどですが、おかしなことが続きました。ほかの小説を書くために本を読んだり、資料を読んでいると、必ず坂本竜馬が出てくるのです。一週間もたつと、坂本竜馬と親しくなっていました。それだけの知識の量が私の中に蓄積されたのでしょう。

ずいぶんおもしろい人なんだなという感じでした。すぐに書きはじめたわけではありませんが、本格的に坂本竜馬を調べてみようと思いました。

調べれば調べるほどおもしろいのです。どうやらこの人は、日本人からひとつ桁の外れた人だということがわかりはじめました。

江戸の終わりの熊本に横井小楠《しょうなん》という人がいました。雅号が「小楠」というぐらいですから、楠木正成《くすのきまさしげ》が好きだったのでしょう。日本を変えてしまうには水戸のイデオロギー（水戸史観）が必要だと考えていた。ところがだんだん知識が増えていき、水戸のイデオロギーではだめだと思うようになった。このころから容易ならざる思想家になっていきます。あるとき、知人にこう言われます。

「横井先生は以前と全く違うことをおっしゃってますな」

横井小楠は平然として言いました。

「変わるからおれなのだ」

いかにも激動期の思想家らしい。変節ではなく、どんどん変わる。小楠は非常の時代の人でした。

その小楠を尊敬していたのは、江戸の勝海舟です。海舟が咸臨丸《かんりんまる》に乗ってアメリカに行き、日本に帰ってきて小楠と会います。小楠は海舟に、アメリカの大統領はどうやって選ばれるのかと聞いた。海舟は大統領選挙の制度を簡単に説明しました。みんなで選ぶのですよと。

横井小楠はオランダ語は一語もわからなかった人です。洋学者ではなくて、漢学者ですが、海舟の言ったことを瞬時に理解した。

「それは、尭舜《ぎょうしゅん》の世だな」

尭舜の世とは、中国の理想古代です。神話時代、人民のために夜も寝ずに働いた理想の帝王が尭と舜です。彼らは自分の子を帝王にして王朝をつくることはせず、すぐれた人に王位を譲った。禅譲ですね。尭は他人の舜を見込んで王位を譲り、舜は禹《う》を見込んで王位を譲った。ところが禹は自分の子どもを帝王にしてしまいます。ここから中国は、人間の時代に入ります。

つまり、その理想の古代を現実に法制化したのがアメリカの大統領なのだと、小楠は言いたかった。

リンカーン大統領が「人民の人民による人民のための政治」と言ったことを、小楠は「尭舜」という言葉で的確に表現したのです。

海舟は感心しました。当時すでに漢学は古ぼけた学問の扱いを受けていましたが、その漢学の世界の理想の帝王を、ほこりの中からポッと出してくる。海舟は、こういう響きがよくて、奥の深いところのある人を好みました。海舟が坂本竜馬を好んだのも、全くこの一点だったのです。

坂本竜馬は勝海舟の弟子になります。神戸海軍塾に入り、すぐ塾頭になります。もっとも、集まっていたのは浪人が多かった。

当時、浪人といえば幕府の敵です。その敵ばかり集めて、しかも海軍の技術を教えるのですから、これがもとで海舟は一時期責任をとらされ、幕府軍艦奉行をクビになっています。

しかし、海舟は竜馬が可愛かったのですね。明治二十年代、当時を回顧した談話を残しています。『氷川清話《ひかわせいわ》』という本の中に、三十三歳で死んだ青年、かつての弟子に対し、過剰なまでの言葉をのこしています。

どういうことかと言いますと、西郷隆盛と関係があります。

西郷はいうまでもなく、幕府の反対勢力になりつつあった薩摩藩の指導者です。幕臣の海舟としては警戒すべきなのですが、海舟は西郷も好きだったのですね。大変な人物だと思い、友情を感じていた。

自分の好きな人間同士を会わせたいと思ったのでしょう。あるとき簡単な用事を竜馬に頼み、京都の薩摩藩邸に行ってもらった。神戸に帰ってきた竜馬に西郷の印象を聞くと、竜馬は表現力のある人でした。

「小さく突けば小さく鳴り、大きく突けば大きく鳴る。西郷は釣り鐘のような人ですな」

勝海舟の話を聞き竜馬は決断します

このことに深く海舟は感じ入ったのでしょう。『氷川清話』のなかで、竜馬をこう評しています。

「評するも人、評さるるも人」

人とは、巨大なる人という意味でした。巨人が巨人を評したのだと言っている。西郷と竜馬を同じレベルに置いています。明治二十年代のこのころ、西郷はたしかに巨人でしたが、竜馬はほとんど無名に近かった。海舟は忘れられていく巨人、竜馬を哀惜して言ったのでしょうね。

海舟と竜馬の間にこんな話があります。初対面のころ、やはり竜馬がアメリカについて質問しています。

「ワシントン殿の子孫は何をしていますか」

思いもよらない質問でした。だいたい海舟はちょっとアメリカに行っただけでありますｏ困って言った。

「そんなことはわからない。ワシントンの子孫が靴屋をしているのか、花屋をしているのか、アメリカ人だって誰も知らない」

竜馬の革命家としての信念が固まったのはこのときかもしれません。

ワシントンといえば、アメリカ合衆国をおこした人で、いわば徳川家康のようなものである。家康の子孫は将軍になり、周りにいた家来たちが大名になる。先祖も子孫もはっきりしているというのが封建制です。しかしアメリカは違うという。ワシントンの子孫もわからない。大変な国だと思ったのですね。日本という国をどうすればいいのか、竜馬のなかでイメージができた瞬間でした。さらに竜馬は聞きました。

「アメリカ大統領はいつも何を心配していますか」

海舟は答えました。

「宿屋で働いている女性の給料を心配している」

象徴的な言い方で言ったのですが、これにも竜馬は感動した。江戸の将軍が一回でも下々の給料の心配をしたことがあっただろうか。これだけでも徳川幕府を倒さなくてはならない。人民の政府をつくらなくてはと考えた。これは横井小楠と同じセンスであります。感受性といいますか、知的な勘のよさが似ています。

その竜馬と小楠が会ったことがあります。竜馬が熊本を訪ねると、ちょうど小楠は藩からお叱りを受け、蟄居《ちっきょ》しているときでした。あまり人に会ってはいけないのですが、歓待してくれた。そして竜馬が帰るときに玄関まで見送り、こう言いました。

「好漢、惜しむらくは乱臣賊子《らんしんぞくし》になるなかれ」

好漢、ナイスガイのことですね。私は、竜馬という人は本当にアメリカ的なナイスガイだと思っています。

そのナイスガイに乱臣賊子になるなと言う。革命家はみな本質的に乱臣賊子ですが、大義名分というものがあります。西郷でも木戸孝允でも乱臣賊子と言われることはありません。

小楠こそ当時としては危険思想の持ち主でした。周囲も本人も認める危険思想家だったのですが、その小楠が少し会っただけで理解したのです。

この男は単なる革命家ではないと。竜馬の思想というものは、倒幕とか攘夷とか、そういった世界を突き抜けていた。それが小楠にわかり、小楠ですら危険を感じたのでしょう。竜馬の本質がここにあります。

とにかく竜馬という人はおもしろい人であります。

「大賢は愚に似たり」

と評した長州人もいました。見たところは茫洋としています。とらえどころがない。しかし頭のなかでいろいろ考えていたようですね。

まだ若いころ、高知の城下で河田小龍《しょうりゅう》という人物に出会っています。河田はもともとは画家なんですが、オランダ語を独学で学んだ人です。河田のもとでオランダ語を学ぶ青年が高知の城下にはけっこういて、竜馬もその一人になりました。

それ以前に、もう一人のオランダ語の教師の講義も受けているんです。その教師がオランダ語を読み、そのつど日本語に訳していく講義でした。竜馬はテキストが気に入りました。

オランダ国憲法でした。

オランダという国は、長くスペインに抑えつけられ、ようやく独立戦争を勝ち抜き、上も下もない国になりました。アメリカやフランスといった国よりも早く、先進的な市民社会をつくり、憲法も持った。今の日本国憲法とほぼ似たような内容をもつ憲法です。

教師はそのオランダ憲法を講義しています。もっとも教師はオランダ語は読めますが、オランダの市民社会についての理解はさほどありませんでした。それである条文を誤訳した。市民社会についての知識がないのですから仕方ないのですが、そのとき、眠っているようだった竜馬が口を開いた。

「いまの訳、間違えています」

教師は怒りました。他の受講生は医者になろうとしている秀才が多い。その秀才に言われるのならともかく、竜馬に言われたのが腹立たしかった。

そのころ、竜馬をばかにしている人のほうが多かったんです。ぼんやりした変わった男で、勉強など身につくはずもないと思われていた。

「どこが間違っているのか」

と聞くと、

「それはわからないが、どこかが間違っている。もう一度よく読んでください」

教師は怒りを抑え、もう一度訳しました。するとたしかに間違っている。教師は誤りを認め、言いました。

「たしかに間違っていた。しかしオランダ語がわからない君が、どうしてわかったんだ」

竜馬の頭というのはそういう頭だったんですね。自然と大きく物事の本質を押さえてしまう。全体像をつかんでしまう。講義を聴いているうちに、自然と西洋の議会制度が頭に入ったんでしょう。

乙女姉さんはユニークな女性でした

竜馬の青年期に彼の兄貴分になった武市半平太が竜馬を評した言葉がありますね。土佐にあだたぬ者だ、と。

「あだたぬ」は当時の土佐弁で、うまく土佐の社会に入りきらない男だという意味です。さらに言えば、武市も竜馬も土佐の下級の侍である、郷士の世界にいるのですが、その郷士の世界では暮らしていけない人間だという意味にもなります。

武市は自分にも他人にも厳しい男でしたが、竜馬への評価は初めから高かった。しかし高知の城下で、こんなに竜馬を買っていたのは武市ぐらいかもしれません。

ご存じのように少年期の竜馬は大変な劣等生でした。

塾に行っても断られるほど出来が悪かった。発明王のエジソンは小学校を落第したそうですが、エジソンのような天才が小学校教育に合わなかったように、竜馬も寺子屋の教育には合わなかった。

字もろくに覚えられませんでした。

いろいろな事情があったとは思います。しかし、劣等生だった最大の理由は、私は少年のノイローゼのようなものが影響したのだと思います。

竜馬は長く「寝小便《よばあ》ったれ」といわれていましたからね。夜尿症があって、それを近所の子供からからかわれてめそめそ泣いていた。この夜尿症を治してくれたのが乙女姉さんでした。

三つ上のお姉さんですが、母のように竜馬に付き添った。一緒に寝て、毎晩一定の時間になると、起こしてトイレに連れていく。

竜馬の女性のタイプは、乙女が基準になっているようであります。乙女はいろいろな面でとにかくユニークな女性でした。

武市半平太には愛妻がいましたね。

富子さんという可愛らしい女性でした。この富子さんに乙女が言った言葉があります。

女の仕事はするな。台所だとか縫い物だとかするな。これからの女は本を読んだり、物を考えたりしろと。

富子さんは驚いたでしょうね。今だってそれを言いすぎれば、変わった人だと言われてしまうかもしれません。

乙女は「坂本のお仁王様」と呼ばれたぐらいで、大きな人でした。竜馬とほぼ背丈が一緒で、五尺八寸（約一七六センチ）もありました。そのせいか、なかなかお嫁にいけなかったのですが、岡上新輔という医者に嫁ぎます。子供の教育法もユニークでした。その子供の友達が遊びに来ると、小さい子供であっても紳士、淑女として待遇する。一つでいいのに、お菓子を必ず二つ出したそうです。

台所なんかどうでもいいが、そういうことだけはきちっとしたい人だったようで、本来家庭におさまる人ではなかったのかもしれません。

案の定、乙女は結婚相手が気に食わなくなってしまいます。

実家に帰ってしまい、この後の人生をどう過ごすか悩んだ揚げ句、弟に手紙を書きます。もう別れたいのだと乙女にしては湿っぽい手紙を書いた。

竜馬は心をこめて返事を書きました。実におもしろい手紙ですから、皆さんもどこかで読んでみてください。

とにかく乙女の出ばなをくじこうと考えたんでしょうね。頭から別れるのをやめろとはいわず、ユーモア、皮肉を総動員します。徹底的に乙女を笑わせ、からかう。最後にそういうことはよくないと思わせる。

竜馬は国事に奔走するようになっても、行った先々から乙女にしきりに手紙を書きました。乙女はそれをきちっと取っておいてくれた。

そのおかげでわれわれは竜馬という人が大変な教養人だということがわかります。

とても寺子屋を落第した人とは思えない文章力です。

ヨーロッパでは書簡文学というジャンルがあるぐらいですが、日本ではそういう習慣がありません。

しかし幕末の書簡を文学として眺めよといえば、竜馬のお姉さんへの書簡が最高で、なかなか二番目が思い浮かばないでしょうね。

手紙文を書くとき、当時の日本人は決まったボキャブラリーしかもっていないのですが、この点でも竜馬は型破りでした。方言も入れ、言語では足りないと思ったところでは略図を入れ、ときには漫画までかき、人間の感情の機微にいたるまで表現している。長じてからもそうやって乙女に現状を報告し続けたというのは、やはり深い愛情があったためでしょう。

竜馬が京都で恋人にしたおりょうという人がいます。寺田屋で竜馬のために命を張った女性ですね。長崎まで連れていくのですが、しかし、どうも乙女の安物版といった感じがするのです。おりょうには乙女のような教養がありません。しかし、歌舞音曲には長じていて、その点に竜馬は魅力を感じていたようではあります。もっとも長崎の竜馬の仲間たちは、あまり彼女のことをよく言いませんでした。

竜馬は亡くなる前に、江戸に行くので家を見つけておいてくれと、江戸の友人に手紙を書いています。

どうも竜馬は江戸でおりょうと所帯をもつということは考えていなかったんじゃないかと思うフシがあります。

竜馬が死ななかったら、別れていたかもしれません。愛情の問題は難しい問題でよくわかりませんね。結局、乙女という原形が、竜馬の女性観を左右していったのは確かだと思いますが。

さて、それにしても人間には自信というものが必要です。何々については譲らんというものが要ります。五十年も百姓をしているんだから、稲を育てるのにおれに及ぶ者はない、そういう自信です。人間とお猿のちがいは、道具にあります。人間はいろいろな道具を持つようになった。棒にはじまり、クワ、カンナ、ノコギリといった具体的なものもたしかに道具ですが、目に見えない道具もあります。

さきの横井小楠の場合は漢学でした。漢学だけは誰にも負けない自信をもっていた。竜馬の場合はどうでしょう。誰にも負けないと初めて思ったのは、剣道でした。高知の町道場にまず通い、免許皆伝の一歩手前の目録をもらいます。十九歳のときでした。そのとき非常にへたくそな歌を作っています。

「人はおれをばかだばかだというけれど、おれのことはおれがいちばん知っている」

そんな意味の歌です。初めて自信を持った喜びがあふれています。

末っ子で次男の竜馬は家を継ぐことはありません。弟の身の振り方を考えるのは、兄の義務でした。

兄の権平は、竜馬に町道場を開かせたいと思ったようですね。だから竜馬を江戸の千葉道場に留学させました。当時、高知から江戸に行かせるのは、いまアメリカに留学させるよりも高くついたかもしれません。いいお兄さんでした。

時代劇を見ていると、よく剣術指南役という官吏がでてきます。しかし、身分はどうかというと、それほど高くはありません。宮本武蔵が生きていた時代に、尾張名古屋藩に柳生兵庫助《ひょうごのすけ》という人物がいて、六百石をもらっていました。剣術教師としては、おそらくいちばん身分が高かったと思います。

六百石は立派な高等官ですが、尾張藩のような大藩の中ではそれほど大したことはありません。いま思っているほどには、侍の世界では剣術は重んじられてはいませんでした。太平の世では、やはり行政能力があるかどうかが大事だったのでしょう。ただ剣術指南には才能が必要です。

幕末までの有名な剣客を見てみると、農民階級の出身者が多かった。

江戸時代は身分が固定している社会ですが、抜け道もあったんです。社会の空気が滞っているとき、空気の対流をよくする抜け穴です。江戸時代のいい制度でした。医者もそうですね。藩の御殿医になるのはだいたい百姓の出身者です。もっと秀才になると、将軍の御奥医師にもなれる。

非常に能力の高いスポーツマンは剣道で頑張り、藩や幕府の剣術指南になる。なれなかった場合は町道場をひらく。しかし権平さんの願いは実現しませんでした。もっと大きな舞台が竜馬を待っていたのです。

竜馬という人は、くさみのない人でした。競争心とか、自分を押し出してよく見せたいという意識がなかった。どういう訓練を経てきたのか、そういう意識が非常に薄かった。この薄かったことが重要でした。

薩長連合という成しがたい、仇敵のように憎み合っていた両者を結びつけたのは、竜馬のくさみのなさでした。

幕末において薩長が連合すれば幕府を倒せるということは誰でもわかっていたのです。幕府を倒さなければ日本が滅びます。アヘン戦争のようなことが起きるかもしれない。列強の植民地になるかもしれない。侍たちはそう思い、庶民だって思っていた。理屈はみんなわかっていた。

竜馬は言いだしっぺにすぎません。

しかし、坂本竜馬が言ったから両方ともOKということになった。薩長連合を成功させて自分の手柄にするといった意識がまるでなかったのです。

時期も時期でした。両藩とも弱っていました。今だ、ということを見抜く能力も竜馬天性のものでした。

大政奉還も坂本竜馬の構想であります。ここで竜馬と西郷はお互い、明治維新の構想が違うことがよくわかりました。竜馬は、血をぬらさずして新政府をつくる自信があった。一方、西郷は、血をぬらさずして革命はできないと考えました。

竜馬には明治維新さえ片手間でした

革命というのは、えらい大仕事なのです。人がたくさん死にます。

しかし当時はテレビも新聞もありません。満天下に世の中の変わりを示す必要があった。薩摩の卑しい侍の西郷が将軍の首を切ることで世間に知らしめる。大久保利通《としみち》もそのつもりでしたし、土佐の室戸岬に銅像が建っている中岡慎太郎などは強烈に倒幕戦を主張していました。

中岡慎太郎も名文家ですね。「陸援隊」の隊長で、竜馬とともに近江屋で暗殺されるのですが、その少し前に見事な文章を残しています。

「戦の一字あるのみ」

ということだけ書いた文章です。革命とはただ「戦」あるのみ。

親友の中岡も、西郷も反対していた大政奉還でした。しかし竜馬はこれを実現させます。

大政奉還は京都の二条城の会議で決まりました。出席者は各藩の代表者で、土佐からは執政の後藤象二郎、薩摩からは家老の小松帯刀《たてわき》が出席しました。後藤は竜馬から大政奉還についての入念なレクチャーを受け、その場に臨んだ。本来、陪臣の後藤や小松が将軍に会ったり、話したりすること自体がもはや革命でしたね。徳川慶喜《よしのぶ》という人は大変な政治家でした。小松、後藤から出た大政奉還案に賛成し、それに乗ると言った。

京都の宿屋で知らせを聞いた竜馬は、慶喜に感動します。これまであれだけ倒そうとしていた将軍に対し、

「この将軍のためなら命もいらない」

とまで言った。

後世の歴史家は徳川慶喜を評価しませんが、私は明治維新の最大の功績者は慶喜だと思っています。

当時、竜馬だけがその偉さを理解した。カチカチの勤王の志士が聞いたら大変な言葉ですね。竜馬はいつから佐幕になったのかと、怒りだすにちがいありません。

土佐の佐川《さかわ》という町の出身で、田中光顕《みつあき》という人がいました。のちに宮内大臣などをつとめる人です。幕末に田中光顕は脱藩して、伊予に抜け、長州に逃れます。回想

録を残していて、当時、勤王といえば火付け・強盗という語感と同じだったと語っています。非常に卑しめられた言葉だったという。

　明治の世の中が固まり、勤王の志士といえば非常に高雅な紳士をさす言葉になったのですが、田中光顕はいい言葉を残してくれましたね。

　歴史のなかでいちばんわかりにくいのは、語感、その時代の感覚というものです。革命家としての田中光顕はそんなに重要な人物ではありませんが、やはり土佐ならではの表現能力をもっていた人でした。

　竜馬はその「勤王」の志士の一人ではあります。しかし、熱っぽい、あまり考えているとも思えない大多数の勤王の志士たちとは明らかに違う。

　竜馬には勤王も佐幕もなかったのです。革命家でありながら、アウトサイダーではなく、インサイドにいて日本の設計図を持っていた。おそらく竜馬が持っていた設計図は、アメリカに似た制度だったと思うのです。

　ただ薩長の考え方は違いました。

　できあがった明治政府には、国粋的なセンスが濃厚にありました。勤王を支持してきた庄屋階級の人物は多かったのですが、彼らの多くは国学派でした。

　長州藩の藩内革命のパトロンは、白石正一郎という人物で、侍ではありません。商人というよりも国学者でした。

島崎藤村の『夜明け前』にでてくるおじいさんもそうですね。木曽の馬籠《まごめ》の庄屋の身分に生まれ、国学にかぶれて勤王の仲間に入っていく。

西郷、大久保らは社会学的な頭を持った革命家ですが、国学者の中には、ファナティック（狂信的）な国粋主義者も多かった。彼らを抱き込んで革命は成功したため、「太政官」という言葉に代表される復古的な要素が明治維新にはつきまといます。

そのにおいを竜馬はかいだのでしょうね。どうも自分が思っている国家の青写真とは違っていると、少し絶望的な気持ちもあったと私は思います。

あれやこれやで新政府の準備がはじまります。西郷は京都の薩摩藩邸にいて、竜馬に来てくれと頼みます。

竜馬は土佐藩でこそ郷士の小伜《こせがれ》ですが、世の革命家たちの間では、押しも押されもせぬ存在になっていました。だれが見ても土佐藩の代表でした。新政府の名簿を作ってくれと西郷は頼みます。竜馬がいまでいう閣僚名簿を作り、それを西郷は見る。しばらくして西郷が言いました。

「坂本さん、あなたの名前がありませんな」

竜馬に同行した陸奥宗光《むつむねみつ》は生涯、このときの様子を語りつづけました。

陸奥は明治二十年代に外務大臣をつとめ、日本の外交史上、不世出の働きを残した人でした。紀州の出身で、竜馬が好きでたまらなかった。竜馬の人柄、思想、世界観、全部が好きで、心酔しきっていた。竜馬は柱に寄りかかりながら西郷に答えます。

「私は役人になろうと思ったことがないんです」

さすがの西郷も驚きます。西郷も欲の少ない人ですが、ここまで無欲ではありません。新政府の指導者にはなろうと思っていましたから、やや鼻白む思いにもなった。

「では、あなたは何をするんだ」

と聞くと、竜馬が言いました。

「世界の海援隊でもやります」

世界を相手に貿易したいということですね。西郷はますます驚いた。

陸奥は薩摩ぎらいで、西郷もそんなに好きではなかった。竜馬に比べ、西郷が一枚も二枚も下に見えたと、のちに語っています。

竜馬は世界に出たかったのです。カネもない浪人を集めて、長崎で商船隊をつくったのもそのためでした。はじめが亀山社中、のちの海援隊です。

『竜馬がゆく』を書き終わり、情けないことですが、私はようやく気づいたのです。竜馬にとっては明治維新そのものも片手間だったのです。それぐらい世界が魅力だった。

海援隊はいまでいう株式会社の形をとっていたと考えていいでしょう。越前の松平春嶽《しゅんがく》、薩摩の小松、西郷といった人たちを口説き、お金を出させています。株主がだんだん増え、そのうちに竜馬の存在の大きさにようやく気づいた土佐藩も、接近してきます。土佐藩もカネを出すと言う。しかしカネを出すと、いろいろ口をはさみそうです。そこは竜馬もしたたかでして、お金はもらうけど土佐藩の支配は受けないという。土佐藩はしぶしぶ認め、会計係一人だけを派遣してきます。この会計係が岩崎弥太郎でした。岩崎は土佐藩士であっても、海援隊士ではありません。岩崎は渋い会計係でしたから、竜馬にこづかれてばかりいた。あまり竜馬が好きではなかったと思うのです。

竜馬の理想を岩崎弥太郎が実現します

ところが不思議なもので、岩崎は結局、竜馬の思想を引き継ぐことになるのです。「いろは丸事件」（慶応三年〈一八六七〉四月）という事件がありました。竜馬みずからが乗っていたいろは丸という船と、紀州藩の船が衝突した事件です。夜の瀬戸内海でいろは丸は沈没するのですが、このとき竜馬は紀州藩の船に飛び乗り、まず相手の航海日誌を押さえました。

竜馬にはこういう頭脳もあったのです。

まるで近代的な法社会を経験したような行動です。海事裁判をおこし、原告としてたたかう姿勢を見せた。そのためには航海日誌が証拠になります。

結局、長崎で海事裁判が始まった。近代的な裁判ではありませんでしたが、動かぬ証拠をつかまれた紀州藩は敗北します。多額の賠償金を出す羽目になりました。もっとも賠償金が出たころには竜馬は暗殺されています。では、その多額の賠償金は誰の懐に入ったのでしょうか。

岩崎弥太郎の懐でした。べつに汚職をしたわけではありませんよ。

明治になって岩崎は後藤象二郎に提案しました。

「私が土佐藩の借金を引き受けましょう」

その代わり、いまの大阪市西区の西長堀《にしながほり》にあった大阪の蔵屋敷、土佐藩の持っている汽船、帆船、そして紀州藩からの賠償金のうち、まだ残っている分をくださいという。その金額は三万両ともいわれています。

どの藩もそうでしたが、特に土佐藩は財政赤字で、負債が累積していました。後藤はおおざっぱな人です。とにかく借金がなくなるというのは魅力だと考えた。損得勘定のできる人ではなかったのです。そんないいことはない、頼むと言った。この瞬間に偉大なる三菱が誕生します。資金と船、そして蔵屋敷というオフィスを得て、岩崎は竜馬がやりたかった貿易に乗り出します。

このころは三菱とはまだ名乗らず、「九十九《つくも》商会」と名乗っていました。

さきほど西区の西長堀に土佐藩邸があったと申し上げました。実をいいますと、昭和三十年代に私は三、四年ほど西長堀に住んでいたことがあります。

藩邸の地所を住宅公団が買い上げ、十一階建てのアパートを造った。大きなアパートでしたから、「マンモスアパート」と呼ばれていました。

私がその十階に住んでいるときに、冒頭に申し上げた私の後輩の渡辺司郎君が訪ねてきたのです。

「竜馬を書いてくださいよ」

と頼まれた私は、土佐藩邸の上に乗っかって住んでいたわけです。おそらく竜馬が来たこともあった藩邸です。

下を見下ろすと、社《やしろ》が見えます。どの藩邸にも屋敷神があるものですが、土佐藩邸の場合はお稲荷さんでした。「土佐稲荷神社」です。散歩のときに神主さんが声をかけてくれたことがありまして、

「あなたは代々の神主ですか」

と聞くと、違いますとおっしゃる。

「私は三菱の社員です」

藩邸が三菱の地所となり、その後も三菱が土佐の稲荷を保護していたのですね。その神主さんが『岩崎弥太郎伝』を持っていました。どういう経路で藩邸が岩崎弥太郎

のものになったかも書いてあり、賠償金の話もでてきました。

人間の運命というのは本当に不思議だと思いましたね。

おそらく竜馬が長崎の花月で酒を飲もうとして、岩崎にカネを出せと言ったら出さなかったのでしょう。竜馬のような人にカネを出したらきりがありませんから。それで竜馬にいじめられた。同じ釜の飯を食いながらも、縁の薄かった二人です。

しかし岩崎は竜馬の思想に学びました。三菱商事をおこし、長崎に造船所も置きました。これらはすべて竜馬のやりたかったことです。

「世界の海援隊でもやりましょう」

と言った言葉は、岩崎弥太郎によって実現されたことになる。

竜馬はやはり岩崎の師匠だったのですね。

そういうことの一つひとつが私の刺激となりました。『竜馬がゆく』ができあがるまでを聞いていただきました。あらためて、日本人として桁の違った竜馬を懐かしく思います。

一九八五年八月八日　高知県立県民文化ホール　坂本竜馬生誕百五十周年記念講演　協力＝高知県（朝日文庫『司馬遼太郎全講演[3]』より再録）

土方歳三血風録

『燃えよ剣』『新選組血風録』の世界

冷血と優しさ、土方歳三の眼

新選組の土方歳三《ひじかたとしぞう》（一八三五〜六九）には誰もが知っている、一枚の写真がある。ダンディな洋装で、髪はオールバック、ハンサムというか、剣豪にしては優男でもある。

司馬さんは『燃えよ剣』の冒頭にその容姿について描写している。

〈頬かぶりの下に光っている眼がこの男の特徴だった。大きく二重の切れながの眼で、女たちから、「涼しい」とさわがれた。

しかし村の男どもからは、

「トシの奴《やつ》の眼は、なにを仕出かすかわからねえ眼だ」

といわれていた〉

この眼が幕末の京都を震撼させた。

恋人お雪を見るときは優しいが、いったん敵とみると冷酷、冷血となる。池田屋その他で倒された攘夷浪士はもちろん、新選組内部で粛清された者たちは、みなこの眼に戦慄して自分を失った。

戊辰戦争ではいよいよ存在感が高まっていく。常識的な戦法にこだわらず、権威を気にせず、イデオロギーに振り回されることもない。いつでも自分の眼を信じた。誰もが新政府になびくなか、最後の一人になるまで戦い続けた。

「新選組副長が参謀府に用がありとすれば、斬り込みにゆくだけよ」

という台詞を残し、箱館に消えている。

この男の一生を描いた司馬さんはいつも優しい眼をしていた。歳三同様、女性にもモテたと思う。ただ、ときどきハッとするほど鋭い眼をしている司馬さんに気付くことがあった。人を書くことの厳しさを知り尽くした眼だったのかもしれない。

新選組の故郷

司馬さんは、「男の魅力」(『司馬遼太郎が考えたこと2』所収)というエッセーのなかで、

〈私は、作家として、一生、男の魅力とはどんなものかを考えつづけ、私なりに考えた魅力を書きつづけようと思っている〉

と書いている。

男の魅力といえば、やはり『燃えよ剣』の土方歳三だろう。

司馬さんは一九六二(昭和三十七)年に連載を始めた時期、歳三のふるさとを訪ねている。武州多摩の石田村で、当時は東京都日野町(現・日野市)だった。

『手掘り日本史』は、司馬さんが評論家の江藤文夫さんのインタビューに答えた本で、日野を取材したときの話も出てくる。このとき、司馬さんは当主の土方康さんに会った。歳三の兄・隼人喜六から数えて四代目の子孫にあたる。司馬さんはまず歳三の呼び方を康さんに聞いている。

〈「ええ、このあたりでは、みなトシさん、トシさんと呼んでいました」(略)そうきく

と、「トシさん」が急にその辺の村の道を歩いているような気がしました。そういう現実感を得んがために現地へ私はゆきます〉

土方家家伝の打ち身の薬、石田散薬の話にもなった。歳三は若いころ、この薬を行商して歩いたこともある。鳥羽伏見の戦いなどでは、石田散薬を酒に入れ、隊士たちに飲ませた。昭和二十年代に製造をやめるまで、石田散薬の根強いファンはかなりいた。康さんは薬を作っていた最後の人物でもあった。

その石田散薬の原料は浅川に自生している「牛革草《ぎゆうかくそう》」。大量の草を刈り、土方家の庭の釜で煮る。村の大人数を差配したのは若き歳三だった。

〈それを歳三が好きで、十四歳のころからやっていた。（略）あ、これか……土方歳三の組織への情熱や感覚の土台を、これが作ったのか、と思った〉

と、司馬さんは語っている。

さて現代の日野にも、「トシさん」の雰囲気を感じることができるだろうか。すでに歳三が亡くなってからは百三十年以上、司馬さんが訪ねたときからでも四十年以上がたつ。

二〇〇六年に生家を訪ねると、住居の一角が「土方歳三資料館」になっていた。

五月の連休中ということもあり、見学者がいっぱいだった。展示室のショーケース越しに見るというより、ガラスに額をこすりつけるようにして見る人が多い。ケースが汚れてしまうほどの熱気で、なかでもこの時期しか公開されない愛刀・和泉守兼定《いずみのかみかねさだ》は一番人気だった。

歳三の額を守った鉢金《はちがね》もある。刀傷が七、八カ所もついていて、京都時代に使ったもの。ぎりぎりの接戦が多かったのだろう。

箱館戦争を共に戦った榎本武揚《えのもとたけあき》の書もある。「入室但清風」とは、歳三の人となりを表現した文章で、部屋に入ると清らかな風の吹くような男だったという。

熱心な見学者たちの応対をしているのは、館長の土方陽子さん。五代目の佑《たすく》さんの妻で、佑さんが亡くなったあと、遺志を継いで資料館を運営している。ふだんは月に二日程度しか公開していないが、ゴールデンウィークや夏休みなどは特別に開館している。

「一日八十人ぐらいまでは一人でも対応できるんですが、多いときだと五百人を超え、ときには七百人にもなります」

もともと人気は根強い。

「昔から日曜日になると、見学に来る方がいて、庭がざわざわしているような家です。主人は『気が休まらないね』といっていました」

近くの石田寺にある墓を必ず掃除するファンもいる一方で、子孫としてはやりきれないこともある。

「勝負師の人なんでしょうか、運がつくといって、墓を削って持っていく人がいるんで

土方歳三のふるさと（東京都日野市）
司馬さんは生家を訪ね、歳三の和泉守兼定も見せてもらった。

す。歳三の歳の字が見えなくなり、墓を建て替えたくらいなんです」

二〇〇四年のＮＨＫ大河ドラマ「新選組！」の余熱はまだ続いている。資料館に来る子供のファンが増えた。

「好きな隊士は誰なのときくと、幼稚園児が、原田左之助や島田魁の名前を挙げるんですよ」

陽子さんを手伝っている三女で末っ子の愛《めぐみ》さんにも会った。

「資料館に来る方で、『ナンバー２の気持ちがよくわかるんです』という人が多いんです。高校生だと副キャプテンタイプの子が多い。『キャプテンをいい人にするため、僕が汚れ役なんです。歳三さんの気持ちはよくわかります』と話す子もいます」

という。土方姓を継いでいて、愛さんが六代目、五歳の男の子が七代目。愛さんには『子孫が語る土方歳三』（新人物往来社）という著書もある。

「司馬さんがいらっしゃったころは、この家も茅葺《かやぶ》きの家で、屋根裏には赤蝮《まむし》や青蝮の親玉が住んでいるんじゃないかとからかわれたこともあります。子どものころは、建て売りの家にあこがれてましたね」

と、愛さんがいう。『燃えよ剣』のくだりを思い出した。

〈月の下をどの男女も左手に提灯をもち右手に青竹の杖をひいて異常な音響をたてながら押し進んでゆく。蝮の出る季節だから、青竹のさきをササラに割り、道をたたいて蝮を追いちらしながら歩いてゆくのだ〉

物語の冒頭にあるくだりで、歳三の男くささ、石田村の野趣が感じられる。七一年生まれの愛さんの時代にもそんな話題が出るとは、さすがに新選組の故郷らしい。

さて、六代目から見た歳三はどんな男だろうか。

「素はもっと普通というか、抜けた感じがした人だったんじゃないでしょうか。子ども時代の話を聞いてもごく普通のいたずらっ子ですね。近くに高幡不動があるんですが、その山門によじ登り、巣をつくっている鳥の卵を人にぶつけるのが楽しみだったようです」

京都に行く前に残していった句集も資料館に残されている。土方家は代々俳句が好きな家で、歳三も「豊玉《ほうぎょく》」という俳号をもっていた。『燃えよ剣』でも紹介された〝迷作〟も、句集にはある。

「うくひすや　はたきの音もつひやめる」

鬼の副長どころか、姉さんかぶりした歳三が浮かんでくる。『燃えよ剣』では沖田総司がさんざん豊玉宗匠をからかうシーンがある。

〈（ひどいものだ）沖田は、うれしくなっている。沖田のみるところ、歳三がもっている唯一の可愛らしさというものなのだ。もし歳三が句まで巧者なら、もう救いがない〉

愛さんはいう。

「京都に行ってモテたようですね。たくさんの女性からもらったラブレターを手紙で送ってきたりしています。『報国のこころを忘るる婦人哉』という俳句まで詠んで……（笑い）。組織をひっぱっていた男気の部分と、ちょっと抜けたところがあるアンバランスさを、私は感じています」

母と娘のアットホームな資料館なのだが、開館当時は不安になることもあったと、陽子さんはいう。

「歳三が粛清した方のご子孫もたくさんいらっしゃるわけです。最初はどきどきしてました」

愛さんも同じだ。

「たとえば京都の光縁寺に行けば、山南敬助《やまなみけいすけ》さん（新選組総長）のお墓があったりします。壬生の前川邸に行けば、古高俊太郎《ふるたかしゅんたろう》さん（勤王浪士）を歳三が五寸釘で拷問したとされる場所が保存されています。そこまでヒドいことをしたとは思わないんですが、スミマセンという気分になりますね」

逆の場合もある。

陽子さんは函館に行って、ショックを受けた。

「『私の先祖が土方歳三さんを撃ったんです』といわれたことがあります。松前藩の子孫の方で、『あとで調べに行くと首がなくて、羽織に名前がありました』と。なんだかかわいそうで、気持ちが悪くなってしまいました」

やはり鬼の副長の子孫になると、苦労があるようだ。

歳三の生涯は三十五歳で終わるが、京都に出たのは二十九歳だった。それまで主として石田村でぶらぶらしていたことになる。愛さんの著書の年譜によれば、たとえば十七歳のときだと、「大伝馬町伊藤某方へ奉公へ出る。女性と恋愛問題を起こして半年ほどで帰郷」と、ぱっとしない。

天然理心流に正式に入門したのも二十五歳になってから。かなりのモラトリアムだったのではないか。

そういうと、愛さん、

「そういう時間が男を育てるんですよ、きっと」

と、笑っていた。

ほのぼの井上源三郎

新選組のふるさと、東京都日野市を歩く。ＪＲ日野駅を背にしてしばらく甲州街道を進むと、「日野宿本陣」がある。日野の名主、佐藤彦五郎の屋敷でもあり、江戸末期に建てられた。補強工事はされているが、新選組の雰囲気を味わうことができる。

彦五郎と新選組とのかかわりは深い。近藤勇（一八三四〜六八）とは義兄弟の杯を交わしていたし、土方の姉ノブは彦五郎の妻でもある。彦五郎は武術が好きで、屋敷内に天然理心流の道場も開いていた。さらに彦五郎はなくてはならないスポンサーでもあった。新選組結成当時の資金は日野からずいぶん送られている。

〈佐藤家がなければ、天然理心流も多摩で栄えず、近藤勇も世に出現しなかったといっていいだろう〉

と、司馬さんは『燃えよ剣』に書いている。本陣に入ると、「日野新選組ガイドの会」の芹川孝一さんが案内してくれた。

「土方歳三は、ノブさんを母のように慕っていたので、しょっちゅうこの佐藤屋敷を訪れていたそうです」

玄関からあがってすぐの十畳間が「玄関の間」。玄関式台に面した木の扉には、わざと設けられたわずかな隙間があり、屋敷を訪れる人物の姿がよく見える。若き土方は、よくここに横になっていたという。風も入るので涼しかったらしい。涼みながら、なにを思っていたのだろうか。

「新選組のファンの方がよく、『歳さん』と言って、畳にご自分の頭をこすりつけるようにされますね」

と、芹川さんはいう。

新選組の無二の協力者だった佐藤彦五郎は、のちに明治新政府のきびしい取り調べを受けもしたが、その後は日野市の発展に寄与した。明治十三年と十四年には明治天皇がこの屋敷で休憩している。

子供のころの土方が山門に登って悪さをした高幡不動も歩いた。

境内の売店には、「新選組ソフト」というソフトクリームが売られている。近藤勇が「抹茶味」で、土方が「黒ごま味」、沖田総司が「バニラ味」。もう一種類の「ブルーベリー味」が誰かといえば井上源三郎だった。新選組六番隊組長がソフトクリームに登場するとは、さすがに地元だ。

井上源三郎（一八二九～六八）は近藤、土方とともに多摩の出身で、新選組の中核的なメンバーだった。芹沢鴨の暗殺や池田屋斬り込みなど、新選組の重要な場面には、必ずその場にいた。もっともそれほど華々しい活躍の記録はないため、映画やテレビなどでは地味な脇役であり続けた。しかし最近じわじわと人気が上がっている。

二〇〇四年の大河ドラマ「新選組!」では、近藤や土方に気をつかい続ける温かい男、「源さん」として描かれた。演じたのは「古畑任三郎」シリーズでおなじみの名脇役、小林隆さん。「源さん」人気はまだ続いていて、〇六年五月二十日には小林さんとファンが、多摩の井上源三郎のゆかりの地を回るツアーも開かれた。「天然理心流奉納額」がある八坂神社や、墓がある宝泉寺などを回るツアーで、日野市の「井上源三郎資料館」館長の井上雅雄《まさお》さんがいう。

「小林さんは昼食のとき、『お代わりの人はいってくださいよ』と、きさくに声をかけていました。まったく源さんそのものでしたね」

司馬さんの源三郎の描き方もほのぼのとしている。『新選組血風録』には、源三郎を描いた「三条磧《かわら》乱刃」という章がある。源三郎が居眠りをしている場面から小説は始まる。

〈真黒な顔に、百姓のような日焼けじわがあり、総髪にむすんだ髷に、白髪がまじっている。頭が大きく、鼻が低く、鼻の下の思いきって長いごく気楽そうな顔である〉

〈飄々としていた、といえば聞えはいいが、禅骨をおびているというほどの高級なもの

ではなく、要するに百姓の御隠居ふうなのである〉

小説では、名誉を傷つけられた源三郎が新参隊士とともに二人だけで肥後藩ゆかりの旅館に斬り込む。勇気はある人なのだ。しかし土方はあわてた。

〈あれを殺しては、郷里《くに》の連中にあわせる顔がない。源三郎の兄の松五郎、叔父の源五兵衛、いずれも土方の生家《いえ》とは遠縁になる。（略）これらが、故郷を出るときに、源三郎をよろしく、とはるか年下の近藤、土方に頼んだ〉

土方や近藤も救援にかけつけ、新選組は大騒ぎになる。源三郎は手傷を負うが生還した。多摩の、天然理心流の結束の強さをやや冷ややかに描いた作品にもなっている。

井上雅雄さんは、源三郎の兄から数えて五代目の子孫になる。子孫であることを最初に意識したのは、小学五年生のころだった。

「剣道の試合中、『源三郎、がんばれ！』という声が周りからとんできたんです」

その後も剣道を続け、井上さんは現在四段。〇五年からは先祖になじみの深い天然理心流を学び始めた。司馬さんは天然理心流についてこう表現している。

〈気をもって相手の気をうばい、すかさず技をほどこすのが特徴で、江戸の巧緻な剣法からみれば野暮ったいものだが、いざ実戦になると、ひどく強かった〉（『燃えよ剣』）

近藤勇は四代目。源三郎が入門したのは先代の近藤周斎だから、源三郎は近藤、土方よりも先輩になる。

現在、天然理心流は近藤勇生家の子孫である宮川清蔵さんが継いでいて、九代目。雅雄さんも清蔵さんに教わっている。

実際に見せてもらうことにした。

多摩川の支流、浅川の河原に行った。若き土方歳三が家伝の石田散薬を作るため、村の人々を総動員して原料の「牛革草」を刈らせたのが浅川の河原。伸びた雑草が強風になびき、土ぼこりが舞い上がるなか、雅雄さんの重低音の気合が響く。

「やあぁーっ、とおおーっ！」

樫の木刀が異様に太い。

直径が十センチ近くはあるだろうか。雅雄さんがいう。

「通常の木刀の倍ぐらいで、重さも二キロ近くはある。握っているだけでもかなりの握力が必要になります」

雅雄さんによれば、天然理心流は剣術、柔術、棒術などをミックスさせた「総合武術」なのだという。

「K－1やPRIDEの選手に、刀を持たせたようなものです。きれいに仕留めるよりは、相打ち覚悟で向かっていく。相手が嫌がり、恐れたそうです」

誰だって死にたくない。新選組に相打ち覚悟で来られたら逃げ出したくもなるだろう。

日野では現在月に二回、稽古が行われている。参加しているのは十七人で、十三歳から五十一歳まで。雅雄さんが最年長だそうだ。雅雄さんには三人の娘がいて、三人とも剣道の有段者だが、誰も天然理心流には入門していない。

「三人のうち、誰かが天然理心流をやってくれると嬉しいんですが。それがだめでも、天然理心流の人がおむこさんになってくれればねえ」

さて、井上源三郎資料館は〇四年にオープンした。雅雄さんが苦笑していう。

「これまで源三郎といえば、『弱い』というイメージで語られることが多かったんです」

かつて残されていた井上源三郎の天然理心流に関する資料では、確かに下から二番目の「目録」までしかなかった。司馬さんも、

〈当の源三郎は剣歴が古いわりには一向に上達せず、後進の近藤が師匠の養子にえらばれ、土方が師範代になり、沖田総司などという稀有の天才は十代で免許皆伝になったというのに、源三郎は四十になっても目録でしかなかった〉

と書いている。ところが、七八（昭和五十三）年、源三郎の長兄・平助ゆかりの家から、源三郎の天然理心流「免許皆伝」が発見された。

「源三郎は、昭和五十三年から急に強くなったようなものです。資料館に展示されている『免許皆伝』をみて、みなさん納得して帰られますね。『強い源三郎』を知っていただこうというのが、資料館の目的のひとつでもあります」

資料館を訪れるのは三分の二以上が若い女性だという。

井上源三郎は鳥羽伏見の戦いで銃弾を受け戦死する。宝泉寺にある墓に遺骨はない。鳥羽伏見の戦いに十二歳で参加した井上泰助は、源三郎の甥にあたる。その人となりを、「おじさんは、ふだん無口でおとなしい人だったが、こうと思いこんだら梃子《てこ》でも動かない一徹な人だった」

と子孫に言い残している。その風韻が、やっぱり「源さん」に似ている。

芹沢鴨と京の闇

京都・新京極は春のシーズンということもあり、みやげを買う修学旅行生でごったがえしていた。

さすがは京都で、ここではハローキティやドラえもん、リラックマといった人気キャラクターも新選組に〝入隊〟している。隊服を身にまとい、鉢金をつけて、キーホルダーや携帯ストラップになっていた。

新選組の人気は、壬生《みぶ》（中京区）に行くとさらによくわかる。新選組が最初に屯所を構えたところで、ゆかりの場所がいくつかある。そこに次々と中学生五人ほどを乗せたタクシーが現れる。そんな中学生に、

「あのー、写真撮ってください」

と、壬生寺で頼まれた。

かつてはこの境内で隊士の訓練が行われた。いまは「壬生塚」がある。新選組隊士の墓や近藤勇の胸像などがあり、中学生がバックに選んだのはその近藤の胸像。厳《いか》ついけ

れど意外に柔和な表情の胸像の前、男子三人、女子二人がVサイン。男子の一人がいう。

「へぇ、近藤勇って新選組だったんだあ」

……キミね、虎徹《こてつ》で斬られるよ。

胸像のそばには、近藤の顔が入った絵馬がたくさん下がっていた。若い人が書いたものが多く、合格祈願、家族円満、スポーツ大会での勝利祈願などとさまざま。新選組の隊旗といえば、「誠」の一文字で知られるが、

〈まこととずっとラブラブでいられますように!!〉

という絵馬があった。

〈俺も誠です〉

という絵馬もある。近藤の顔の周りにハートマークを四つも描き、こう祈願している。

〈今、好きな人がいるので　おもいきって告白したいです。ダカラ近藤さん力をください。夜露死苦《よろしく》〉

『燃えよ剣』では、

〈近藤は、なかなかの遊び上手だった。（略）近藤ほど諸所ほうぼうに女を作っている男もめずらしく〉

とはあるものの、まさか、後の世で、若者に恋の相談までされるとは、近藤も思わなかっただろう。

壬生塚内には、比較的新しい碑もある。「新選組隊士慰霊塔」は、京都新選組同好会の結成三十周年を記念して二〇〇五年に建てられた。

全国に新選組を愛する人々の組織は数多くあるが、京都新選組同好会はその草分け。同好会では新選組にならい、会長は「局長・近藤勇」、副会長が「副長・土方歳三」を名乗っている。

〇六年に局長を訪ねた。中京区の二条城そばで、刀剣・古美術店「開陽堂」を営む横田俊宏さん。名刺にも、「近藤勇」と刷り込まれている。「局長」と「副長」の二人で同好会は発足した。年齢は、それぞれ三十歳と二十九歳。新選組結成時の近藤と土方と同じ年齢だった。

「いわば、大人のまじめな遊びですよ」

と、横田さんがいう。

遊びはルールが大切だ。

まず、「隊士」と呼ばれる会員になるだけでも一苦労がある。履歴書と一緒に、「なぜ新選組同好会に入りたいのか」というテーマの小論文を提出、三人以上の幹部が面接をしてクリアし、ようやく「見習い隊士」となる。

「たとえ大企業の社長さんでも下足番から始めてもらいます」

一年間の見習い期間を経たのち、ようやく「正隊士」になれる。正隊士の数は、二十代から六十代までで、〇六年で二十八名。なかには大学教授や有名企業の役員もいる。

新選組の場合、厳しい「局中法度」があった。「士道に背くまじきこと」「局を脱することを許さず」「勝手に金策すべからず」などで、いずれも罰則は切腹。幹部といえども許されなかった。もちろん、同好会はそれほど厳しくはない。

「辞めるのは自由です。が、ふさわしくない人にはこちらから辞めてもらうこともあります。局中法度でいえば、逆に『勝手に金策』はしてもらわないと困る。全部自腹の集まりですから」

もっとも大きなイベントは、毎年七月、祇園祭のときに行われる「池田屋事変記念パレード」。壬生寺境内に隊服姿で集合し、壬生塚に参ったあと、四条通を祇園方面に向かって練り歩く。本当は池田屋に討ち入りたいところだが、池田屋はパチンコ店となり、さらに居酒屋となっているので仕方がない。パレードは八坂神社で終わりとなる。

「いつの日か時代祭に新選組が参加するのが夢ですね」

時代祭は十月に行われる。平安時代から明治維新までの歴史上の人物に扮した行列が続くが、坂本龍馬ら勤王の志士は登場しても、新選組の姿はない。

「時代祭は明治政府が創建した平安神宮の祭りですからね。新選組はたしかに『敵』ではありました。しかし京都の歴史に足跡を残したことは間違いない。ぜひ参加したいと、平安神宮に要望書を出したこともあります」

局長は静かに闘志を燃やしているようだった。

さて壬生に戻る。といっても二条城から壬生までは、せいぜい一キロ程度しかない。壬生寺のすぐそばにあるのが新選組の宿所だった八木邸。パンフレットには、

「新選組壬生屯所遺蹟」

とあった。

まるで考古学のようだが、この八木邸で芹沢鴨《せりざわかも》（一八二七〜六三）らが暗殺された。近藤や土方らが住んだ「離れ」は現在なくなり、菓子店になっているが、芹沢鴨が寝泊まりしていた母屋は現存し、見学ができる。ただし見学料は抹茶と屯所餅と、ていねいな案内がついて千円（中・高生の見学のみは六百円）かかる。

暗殺された芹沢鴨は水戸浪士。

発足当時の新選組の実権をにぎって筆頭格の局長となるが、酒色におぼれ、乱行を重ねたとされる。会津藩の了解、あるいは示唆のもと、近藤、土方によって粛清される。『新選組血風録』の「芹沢鴨の暗殺」では、沖田総司（一八四四？〜六八）の描写にすごみがある。

〈近藤と土方から意をふくめられた沖田総司は相変らず、ふしぎな若者だった。「芹沢さん、可哀そうだな」といいながら、この仕事の準備に一番熱心になった〉

沖田はしばしば芹沢の部屋に遊びにいき、廊下の長さ、鴨居の高さ、大小の部屋の関

係と、隅々まで調べまくる。暗闇でも歩き回れるようになり、なおも「可哀そうだな」と繰り返しつつ、

〈土方先生、あなたはずるいから、一ノ太刀はご自分がつけるつもりなのでしょう。そうはいきませんよ。私はこれほど検分しているのだから、私に譲っていただきます〉

と、剣の天才は矛盾のなかにいた。

　襲撃は深夜。土方や沖田らは、泥酔して寝込んだ芹沢らを襲う。芹沢鴨と、芹沢の借金を取りに来ているうちに愛人となった呉服商菱屋の妾、お梅らが殺された。

芹沢たちが寝入っていた十畳の部屋に座ってみた。芹沢鴨には受難の地ということになる。初太刀は沖田だった。観光ガイドの男性がいう。

「芹沢はさすがに即死はせず、隣の部屋に逃げ込んだ。隣には八木家の奥さんや子どもが寝ていました。子どもが勉強で使う文机《ふづくえ》に芹沢はつまずいた。この机がそうです。転んだところでとどめをさされて絶命しました。ちょうどこのあたりですね」

　柱や鴨居には、このときの刀傷がある。とくに鴨居には、刀の切れ味を示すように、深く食い込んだ跡がある。司馬さんは芹沢の最期を『新選組血風録』に書いている。

〈廊下に、文机があった。ぐわらりと転倒し、両手をついてやっと体をささえた芹沢の背から胸にかけて、土方歳三の一刀が、氷のような冷静さでゆっくりと刺しつらぬいた〉

京都の新選組地図
執筆当時、京都に泊まり、竜馬と新選組を同時に考えた。

臨場感たっぷりの八木邸をあとにして、そのまま京都の街を歩く。

近藤勇にゆかりの天然理心流九代目宗家、宮川清蔵さんの話を思い出した。近藤勇の生家、宮川家の子孫である宮川さんは、京都に来ると、新選組のたどった道をいつもその足で歩いてみるのだという。

「どうしても引き寄せられるんですね。たとえば、池田屋への道のりも、壬生もそうです。この道を近藤勇が、土方歳三が、どんな気持ちで、どんなふうに歩いていたんだろうとついつい思いをはせてしまいますね。胸が痛むというか、なんともいえない気持ちになります」

芹沢鴨の葬儀は、事件の翌々日に壬

生屯所内で盛大に行われた。諸藩の会葬者をまえに、近藤勇は長文の弔辞を読み、声はしばしば涙でとぎれたという。

〈近藤は、胸奥からあふれてくる感動をおさえかねたのであろう。この弔文を読みおわる瞬間から、新選組の組織はかれの手に落ちることを知っていたからである。結党以来、半年のことであった〉

と、司馬さんは書いている。

夕陽ケ丘のお雪

近藤、土方が京都で活躍したのは一八六三（文久三）年からわずか五年ほどの期間でしかない。

新選組として活動を始めたのが三月で、半年後の九月には芹沢鴨を暗殺。六四年六月には池田屋事件を迎える。尊王攘夷派の大物を斬りまくり、新選組は一躍、注目を集めた。当時はまだ壬生の屯所にいたが、やがて隊士が二百人以上にもなり、手狭になった。

その後、西本願寺に屯所を移している。長州藩の活動に好意的だった西本願寺にとってはこれほど迷惑な〝店子〟もいないだろう。いまでも西本願寺の「太鼓楼」の解説の看板に、

「境内で大砲を轟かせたり、実弾射撃をおこなったり、乱暴を繰り返したため参拝の門信徒や僧侶らを震かんさせる毎日であったそうであります」

と不愉快そうに書いてある。

しかし、絶頂期は続かない。

池田屋事件の二年後、坂本龍馬が薩長同盟の成立に成功する。時代は倒幕へと流れ、新選組は時代に取り残されてしまう。

追う者と追われる者を、司馬さんは同時進行で考えていたようだ。『燃えよ剣』の連載が始まった一九六二（昭和三十七）年、司馬さんは『竜馬がゆく』の連載中でもあった。当時のエッセー「上方住まい」（『司馬遼太郎が考えたこと2』所収）によると、大阪住まいの司馬さんが、しばしば京都に泊まり込んでいる。昼は仕事をして、夜は祇園、先斗町《ぽんと》、河原町を歩いたと書いている。なんだか遊び歩いていたようだが、

〈この散歩は京都における新選組の事件地図をつくるうえで都合がいい。むろん、坂本竜馬の足跡の地図も歩いているうちに自然とできあがるわけである〉

とある。

産経新聞の『竜馬』の担当者は、「敵味方を交互に書いて、ごちゃごちゃにならないだろうか」と、心配したという。もっとも『竜馬』のなかに、土方歳三が出てくるシーンがある。書いているうちに、司馬さんは二人をどうしても会わせたくなったのかもしれない。

二重瞼の目を細めて土方が京都を歩けば、浪士たちはクモの子を散らすように逃げたが、竜馬は恐れなかったと、司馬さんは書く。

あるとき、二人が京都の町中で出会う。二人とも道の真ん中を歩き、よけるそぶりも

ない。ぶつかる寸前、竜馬は軒下の日だまりにいた子猫をみつける。そのまま子猫を抱き、「ちゅっ、ちゅっ、ちゅっ」と、ねずみの鳴きまねをして新選組の隊列を横切り、通り過ぎてしまった。

「翻弄されたのですよ、われわれは」

と、沖田総司がつぶやき、気をそがれた土方も思う。

「妙な男だ。なにか容易ならぬ大事を企てているようでもあるし、単に、猫好きの怠け者のようにもみえる」

さすがの土方も竜馬が相手では勝手が違うように描かれている。

土方と龍馬は同い年。活躍する時期も、歴史から退場する時期も、ほぼ同時期だった。龍馬が暗殺されるのは一八六七年十一月。土方ら新選組が鳥羽伏見の戦いに従軍し、敗走するのは翌年一月。下り坂の新選組には龍馬暗殺の嫌疑もかけられていた。

西本願寺の太鼓楼を見たあと、堀川通をわたってしばらく歩くと、小さな碑が立っていた。

「中井庄五郎殉難之地」

とある。

中井庄五郎は龍馬と土方の両方に縁がある。十津川郷士で、居合の名人で知られた。かつて龍馬から刀を贈られたこともあるなど親交があり、龍馬の悲報を聞いて、復讐を誓う。『街道をゆく12　十津川街道』（以下『十津川街道』）に、その復讐劇が描かれている。

〈直接の下手人は新選組であると見たが、その新選組をそそのかしたのは紀州藩の重役で術策の多い男として知られた三浦休太郎（のち安《やすし》。明治後、元老院議官、東京府知事など）であると見た〉

中井は、龍馬に心酔していた陸奥宗光らと、三浦が会食していた「天満屋」に斬り込んだ。しかし、司馬さんは『十津川街道』に書いている。

〈席上、三浦の護衛のために新選組の土方歳三ら数人の隊士がいたことが、中井の不運になった。三浦は中井の抜刀術でわずかに負傷したが、中井は一瞬のうちに新選組の者に斬られた。ときに二十一歳である〉

斬り込んだその場に待っていたのは土方ではなく、新選組随一の使い手、斎藤一だったとする説もある。どちらにしても手ごわすぎる。

二日後には王政復古の大号令が下されている。大正になって正五位が贈られてはいるが、つくづくツキがない感じがする。碑はその天満屋跡に建てられている。

京都から大阪へ向かう。

『燃えよ剣』で人気のある場面は数あるが、もっともロマンチックな場面は「夕陽ケ丘」だろう。

鳥羽伏見で敗れ、江戸に帰ることになった土方は、恋人のお雪と最後の別れの時間を大坂ですごしている。

〈お雪は駕籠《かご》。歳三は、そのわきを護《まも》るようにして歩き、やがて、下寺町から夕陽ケ丘へのぼる坂にさしかかった〉

坂は口縄坂と呼ばれる。

〈なるほど登りつめてから坂を見おろすと、ほそい蛇《くちなわ》がうねるような姿をしている〉

蛇坂とも書き、松尾芭蕉が上って句を詠んだ坂でもある。

「口とぢて蛇坂を下りけり」

かなりの急勾配だったらしい。いまは整備されて、それほどうねってもいない。小説では、やがて二人は鬱然とした森のなかにある料亭西昭庵に案内され、二日間を過ごす。

お雪は可愛らしい。志士たちを震え上がらせた土方が、お雪に「なにもかもわすれて裸の男と女になってみたい」と真剣に頼む場面がある。最初は拒むお雪だが、土方が「恥ずかしいことをいっているようだ。よそう」というと、かぶりをふっていう。

〈雪は、たったいまから乱心します〉

狭い庭の垣根の先は断崖絶壁で、はるか下に大坂の町並みが見え、大阪湾が広がっていた。

〈陽がたったいま、赤い雲を残して落ちてゆこうとしている〉

この夕陽の美しさは有名で、新古今集の撰者、藤原家隆が晩年に庵をつくったことでも知られる。

「ちぎりあれば　難波の里に宿りきて波の入り日を拝みつるかな」

という歌を残している。その夕陽を見ながら、土方は「華やかだ」という。

〈この世でもっとも華やかなものでしょう。もし華やかでなければ、華やかたらしむべきものだ〉

土方にならって夕陽ケ丘のある上町台地を歩いてみた。お雪は残念ながら司馬さんの創作上の人物だが、「家隆塚」は現在もある。もっともいまは家隆塚からはビルが邪魔で海はまったく見えなかった。

それにしても夕陽ケ丘は坂が多い。口縄坂だけではなく、源聖寺坂、学園坂、愛染坂、清水坂、天神坂、逢坂とある。歩きながら、司馬さんが亡くなった直後、夫人のみどりさんに聞いた話を思い出した。

若いころ二人はどこでデートしましたかと聞かれ、みどりさんは答えている。

〈大阪駅前の旭屋書店やパチンコ屋で待ち合わせて、キタかミナミで飲んで、そこから夕陽ケ丘に近い天王寺区の源聖寺坂をのぼっておりて、上六（上本町六丁目）のほうに抜け、最後はコーヒー。お金があれば食事する。それがいつものコースでした〉（『司馬遼太郎の遺産「街道をゆく」』）

土方とお雪の歩いた道は、若き福田定一、松見みどりの歩いた道でもあった。

一八六八年一月、土方は富士山丸に乗って江戸に向かう。残されたお雪は西昭庵にとどまり、夕陽を描き残そうとする。

〈台地から見おろした浪華の町、蛾眉《がび》のような北摂の山々、ときどききらきらと光る大阪湾《ちぬのうみ》、そこへ落ちてゆくあの華麗な夕陽を描こうとした〉

みどりさんも司馬さんが亡くなったあと、上町台地を二度歩いた。もっとも、みどりさんにとって大切な記憶の風景はどこにも見あたらず、途方に暮れたという。

油小路で消えた男たち

近藤勇や土方歳三でも、京の冬は寒かっただろう。古都の寒さは芯から冷える。しかしそれをものともせず、「京都新選組ロード」を歩くファンに、風雪のなか会った。宇治市にすむ青木繁男さんは、銀行をずいぶん前に定年退職したが、毎日京都に出勤している。

京都駅で降りて五十分も歩き、もともと生まれ育った京都市下京区坊城通につく。昔の家を「新選組記念館」として、ファンに開放している。大正末期に建てられた木造二階建てで、強い風だとガタガタ揺れる。新選組関係の歴史書、小説、マンガやグッズが並び、床の間には近藤、土方のやや色褪《あ》せた写真、手作りのパネルもある。

「あちこちから来る新選組好きの人と話ができるのが楽しい。先日はペルーの女性が通訳の人とやってこられて驚きました」

訪ねてくる八割は女性だという。

ここから一キロほども歩けば、新選組の屯所があった壬生《みぶ》寺もある。芹沢鴨が暗殺された八木邸、最近とみに人気の高い山南敬助が切腹した旧前川邸なども近い。

「子供のころは壬生寺が遊び場でしたね」

新選組ゆかりの地を青木さんと歩いた。記念館の近くはかつての遊郭島原で、入り口には江戸時代の「大門」がある。

「ここらに衣装のレンタル屋が並んでたらしいんです。遊郭はエエ格好をせんとモテへんから、ここで衣装を借りて遊びに行ったようです」

新選組の隊士も借りただろうか。

島原で悪酔いして評判を落としたのは芹沢鴨で、島原の揚屋「角屋《すみや》」でも大暴れしている。角屋は昔のままの姿で現存している。

「この格子を見てください。抜き身の切っ先でバーンとやった傷は、新選組のものといわれています」

島原を歩いたあと、大きな「七条通」に出た。

「京都では七条を『ひっちょう』いいます。あそこがひっちょう油小路です。歴史的な場所ですが、残念ながら、『伊藤ハム』の看板しか目立ちませんわ」

七条油小路で新選組最大の粛清が行われた。司馬さんが『新選組血風録』の「油小路の決闘」で書いた事件で、粛清されたのは伊東甲子太郎《かしたろう》（一八三五〜六七）とその仲間たちだった。もちろん伊藤ハムは関係ない。

一八六四（元治元）年の「池田屋の変」で有名になった新選組は隊士の募集が急務となる。

この年、結成からの幹部の藤堂平助が推したのが伊東だった。江戸で百人ほどの道場を開き、学識もある。常陸《ひたち》志筑《しづく》藩（茨城県）の藩士の嫡男だったが、父の脱藩で一家は離散。水戸で神道無念流を学び、さらに北辰一刀流を学んだ。「油小路の決闘」で伊東が紹介されている。

〈文武ともに秀でた才人で、論才があり、江戸府内の攘夷論者とまじわってすでに志士のあいだでは多少の名があった。号を蛟竜《こうりゅう》という。淵にひそんでいてもいずれは雲を得て天を駈けるという野望を托していたのであろう〉

近藤は伊東の加盟を喜んだ。政治家への野望をもちはじめた近藤は、〝知的用心棒〟がほしかった。しかし、土方は反対する。『燃えよ剣』で、近藤になぜ北辰一刀流を嫌うのかといわれて、答えている。

〈「あの門流には倒幕論者が多すぎる。それが宛然《えんぜん》、いま天下に閥をなしつつある」

（略）

「血は水よりも濃いというが、流儀も血とおなじだ。流儀で結ばれた仲というのは、こわい」〉

伊東は七人の門弟とともに入隊した。司馬さんは、伊東について、新選組を自分の意のままに操ろうとした男として描いている。

議論や学問に秀でた伊東はたちまち隊内で人気を博していく。京都の「霊山歴史館」の学芸課長・木村幸比古さんはいう。

「伊東派と近藤派が半々程度ではなく、七割ぐらいを伊東派が占めるようになっていたようです」

半年後の新編成で、伊東は「参謀」になる。しかし名誉職であり、総長だった山南敬助と同じように隊に対する指揮権はなかった。実際の指揮権は土方がにぎって離さない。

そのころ、新選組が幕府の直参になるという話が舞い込んできた。

「近藤らは自分たちが成長したから幕臣に取り立てられるんだと喜んでいますが、伊東は逆に幕府の地位もそこまで落ちたのか、と思っていたはずです」

一八六七（慶応三）年三月二十日、伊東ら十五人は、孝明天皇の御陵を守る「御陵衛士」として新選組から脱退した。薩摩藩からの支援を受け、倒幕を目指す浪士集団となる。伊東は新選組に見切りをつけ、時勢に乗ろうとしたのだろう。洛東の高台寺月真院に本部を置いたため、高台寺党とも呼ばれる。

新選組には「局中法度」があり、

「局を脱することを許さず」

という隊規があった。脱退者は即、切腹となる。総長の山南でさえ、脱走して切腹となった。

十五人もの大量脱退は本来許されるはずもなかったが、近藤は笑顔で送り出した。じっくりと時期を待っていた。それから約半年後、伊東を自らの妾宅に招いた。

十一月十八日の夜十時過ぎ。気持ちよくもてなされた伊東は、酔いを醒ますため駕籠《かご》を呼ばず、供も連れずに一人で帰路についたとされる。

〈小橋をわたりながら、江戸のころに習った謡曲で「竹生島《ちくぶじま》」の一節をひくく謡《うた》いはじめた。（略）

伊東の謡曲は、つづく。

やがて、とぎれた。

一すじの槍が、伊東の頸《くび》の根を、右からつらぬいていたのである。（略）
五、六歩、意外なほどたしかな足どりであるいていたが、やがて、角材でもころがすような音をたてて、横倒しにころがった〉（『燃えよ剣』）
「伊東は近藤が妾宅で話をするというから、腹を割った話をすると思ったのでしょう。ただ、腕への過信はあったでしょうね」

木村さんの著書『新選組、京をゆく』（淡交社）には、慶応三年十一月十二日に伊東が坂本龍馬を訪ね、

「新選組が狙っておりますゆえ、くれぐれもご用心下さい」

と注意したと記されている。その三日後に龍馬は暗殺され、伊東自身も六日後に落命した。人に注意をしている場合ではなかったようだ。

「伊東は明治維新まで生きていれば、それなりの要職に就いたかもしれません。知識と教養のある人間が早世するのが幕末ですね」

さて、伊東の遺体はそのまま油小路に放置された。土方は反対者たちを徹底的に許さなかった。

敵将の遺体をオトリにしたのである。エリートの北辰一刀流にくらべ、雑草軍団の天然理心流は手段を選ばない。

遺体を取り戻そうとする高台寺党の七人と、待ち伏せする四十人あまりの新選組隊士とが壮絶な斬り合いとなった。「油小路の決闘」には、当時の目撃談が紹介されている。〈翌朝、路上に出てみると、どういうわけか、人間の指がぱらぱらと落ちていたという〉

藤堂平助は全身十余の深傷《ふかで》を負い、ずたずたに斬られた。服部武雄は二十人あまりに傷を負わせながら、絶命。満身二十余カ所傷がありながら、顔つきは平然としたものだったという。毛内《もうない》有之助も、顔の見定めがつかないほど斬り刻まれた。皮肉にも逃げのびた者より、亡くなった三人が剣の達人だった。

『燃えよ剣』にはこうある。

〈かれらは脱出しようとしても、剣がそれをゆるさなかった。剣がひとりで動いてはつぎつぎと敵を斃《たお》し、死地へ死地へとその持ちぬしを追いこんで行った。

（剣に生きる者は、ついには剣で死ぬ）

歳三はふと、そう思った〉

新選組などの著作が多い、『幕末剣客秘録』（新人物往来社）の著者、渡辺誠さんはあとがきで、芸道のことばを紹介している。

「楽屋に声を嗄《か》らす」

ということばで、芸人が楽屋で稽古をしすぎて、いざ舞台に上がったときには声を嗄らすことをいう。

渡辺さんは、幕末という時代の楽屋を「江戸の町道場」とし、舞台を「京都」としている。

〈その京都では新撰組が、坂本龍馬が、そして多くの若き志士たちが、それぞれの信じる考えのもとに、勇躍して行動し、衝突し合ったのであるが、ついに舞台に上がることなく、楽屋に声を嗄らしたまま消えた剣客も多かったことを思おう〉

伊東も藤堂も、ぞんぶんに舞台で声を嗄らしたとはいえない。

しかし名は残った。

皮肉なようだが、新選組には斬られたことで名を残す男たちもいる。

敗れて帰った故郷

鳥羽伏見の戦いで敗れたあと、近藤、土方ら新選組は関東に戻る。新選組はわずか四十人ほどになっていた。『燃えよ剣』で司馬さんは書く。

〈歴史は、幕末という沸騰点において、近藤勇、土方歳三という奇妙な人物を生んだが、かれらが、歴史にどういう寄与をしたか、私にはわからない。ただ、はげしく時流に抵抗した〉

再起をはかる近藤は甲府城を押さえるため、「甲陽鎮撫隊」を結成した。甲府城は空き城となっていて、いわば甲府百万石が宙に浮いた状態だった。幕府から武器や軍資金も出て、あらたに集めた隊士約二百人とともに江戸から甲州街道を甲府に向かう。途中、近藤、土方は懐かしいふるさと、多摩の日野（現・東京都日野市）を訪ねている。

〈名主佐藤彦五郎は、歳三の姉の婚家で、同時に天然理心流の保護者であり、新選組結成当時、金銭的にもずいぶん応援もしてくれた。いわば、新選組発祥の地といっていい〉

土方は彦五郎に嫁いだ姉のノブが大好きだった。

執筆時の司馬さんは新選組にゆかりの人々を訪ね歩いた。土方家はもちろん、彦五郎を生んだ佐藤家も訪ねている。司馬さんが話を聞いたのは彦五郎から四代目の故佐藤昱《あきら》さん。『聞きがき新選組』（新人物往来社）という著書がある。五代目で娘の福子さんによれば、佐藤家の当主は代々文章を書くのが好きなようだ。

「彦五郎はずっと日記をつけていたし、その息子の俊宣は『今昔備忘記』を書き、次の仁は『籬蔭《りいん》史話』を三十年間も書き続けました。自分たちの家にまつわる歴史ですね。とくに新選組の話をみな、丹念に書いてきました。新選組は賊軍になりましたが、自分たちが応援したことは間違っていなかったという、日野っ子の思いが底にあるんですね」

福子さんは二〇〇六年四月から、日野市内に「佐藤彦五郎 新選組資料館」を開いた。資料館には近藤、土方、沖田の手紙が展示され、彦五郎が近藤勇からもらった短銃なども展示されている。牡丹の絵柄のかわいらしい茶碗も四個ある。

「歳三が姉のノブに贈った京都みやげです。新選組のことを聞きに来る人には、まず一杯やりなさいと、この茶碗で酒を飲ましたぐらいで、私の家ではずっと猪口だと思っていました。展覧会に出品したときに京都国立博物館が調べてみたら、景徳鎮で焼いた茶器なんだそうです」

茶碗を見ながら、坂本龍馬を思い出した。忙しい龍馬だが、よく身内に手紙を書いた。可愛がっていた姪の春猪《はるい》には長崎から白粉《おしろい》を贈っている。鬼の副長は、どんな顔をしてみやげを選んだのだろうか。

甲陽鎮撫隊には佐藤彦五郎も参加した。もっとも板垣退助率いる官軍の前に勝沼であっさりと敗北、鎮撫隊はちりぢりになる。官軍はやがて八王子に進軍し、日野にも入ってきた。佐藤家はターゲットとなる。日野が新選組発祥の地だということは官軍の常識となっていた。

「彦五郎以下、家族は離散して逃げました。一カ月ほど逃げ、そのうち近隣の神社やお寺、それに近藤や土方からも官軍へ嘆願書が出た。やがてお構いなしとなりました」

と、福子さんがいう。

彦五郎は維新後は、神奈川県第九区長となり、南多摩郡長にもなった。一九〇二（明治三十五）年に七十六歳で亡くなっている。晩年は近くの多摩川で投網で鮎釣りを楽しんだ。

「網を投げるとき、大上段に振りかぶり、『えい』と声をかけた。その雰囲気に、天然理心流のにおいがしたそうです」

佐藤家の記録によれば、彦五郎は剣の腕も近藤と互角だったらしい。資料館には彦五郎の刀もある。長さが二尺七寸四分、重さが約二キロで、片手で持てるような刀ではない。甲陽鎮撫隊に参加したときのもので、刃こぼれがいまも生々しい。

「名主でなければ、彦五郎も新選組に行きたかったでしょうね」

と、福子さんはいっていた。

甲州で負けたあと、近藤、土方はついに二人きりとなる。井上源三郎は戦死し、沖田総司は病気により離脱、永倉新八、原田左之助らも意見の違いから隊を去る。『燃えよ剣』には、夜道で小石を蹴りながら、近藤が土方に語りかける場面がある。

〈歳、またおれとお前に戻ったな〉

二人がたどり着いたのはいまの千葉県流山市。しかしここまで来ると、土方と近藤の間で、微妙に戦う姿勢に食い違いが出てきている。

〈おらァもう、勝敗は考えない。ただ命のあるかぎり戦う。どうやらおれのおもしろい生涯が、やっと幕をあけたようだ〉

と、土方の意気は衰えないが、近藤は元気がなくなっていく。

流山で官軍に取り囲まれた近藤は、投降することを決める。『燃えよ剣』では、土方が取り乱している。

〈ついに、泣いた。よせ、よすんだ、まだ奥州がある、と歳三は何度か怒号した。最後に、あんたは昇り坂のときはいい、くだり坂になると人が変わったように物事を投げてしまうとまで攻撃した〉

近藤は落ち着いた様子だった。

〈歳、自由にさせてくれ。お前は新選組の組織を作った。その組織の長であるおれをも作った。京にいた近藤勇は、いま思えばあれはおれじゃなさそうな気がする。もう解きはなって、自由にさせてくれ〉

流山電鉄流山駅付近の街道沿いには、「近藤・土方　離別の地」と記された看板があちこちにある。

近藤の陣屋があった跡に建てられた碑から少し歩くと、江戸川の河川敷に出る。六〇年代ごろまでは「矢河原の渡し」という渡し場があった。近藤は、この渡し場から流山を去ったという。

近藤勇の兄音次郎から数えて五代目の子孫、宮川豊治さんがいう。

「勇と歳三はいわば刎頸《ふんけい》の友なんですが、新選組の転機となるような、肝心要のときにいつも二人は一緒にいない。これが不思議でしょうがないんですよ」

池田屋のときには二手に分かれて探索、土方隊が到着したのは近藤が踏み込んでからかなり時間がたっていた。鳥羽伏見では、近藤は肩を銃撃されて従軍していない。甲州では土方は援軍を呼ぶために江戸に向かっている。流山でも近藤は投降し、土方は北関東に向かった。同じ運命のように見えても、違った道を歩く宿命にあったのかもしれない。

「この二年ほどで子供のファンが増えたんですよ」

と宮川さんはいう。

〇四年のNHK大河ドラマ「新選組！」で近藤を演じたのは、SMAPの香取慎吾。実にうまそうに大口を開けて饅頭を食べるシーンが印象的だったが、どこで調べたのか、番組を見た子供のファンが、宮川さんに電話をかけてきたことがあった。

「ほんとうにげんこつ、口にはいったんですか？」

司馬さんも、げんこつを口に入れては出す近藤の芸の話をしていたが、真偽のほどはわからない。

「よく言われる剛毅一徹、頑固な局長というのとは、少しばかり違うのではないかと私は思うんですよ。もっと柔軟だったんじゃないかと」

池田屋事件後の一八六四（元治元）年秋。江戸に隊士募集に出かけた近藤は、幕府の医師、松本良順に面会を求めている。豪胆で知られた良順だが、新選組局長の突然の訪問には、さすがに緊張した。宮川さんはいう。

「欧化思想にかぶれていると詰問しに行ったんですが、『今の世界の情勢は、こうでございますと、丁寧に説明をされると、勇はひと言、『先生のお話を聞いて、蒙《もう》が啓《ひら》けました』といったそうです。話はよくわかる男なんです」

さらに翌日も訪れている。また来たかと再び良順は緊張したが、今度は顔をしかめてやってきた。

「『いや、今日は胃が痛いからみてくれ』と。胃酸過多だということで、薬をもらって帰ったそうですね」

以後、その人柄に惹かれた良順はすっかり近藤のファンとなり、新選組の有力な支援者となっていく。

流山を去った近藤は官軍の基地があった板橋に送られる。投降したとき、話せばわかると思っていたか、それとも覚悟は決めていたのだろうか。

菊一文字の生涯

『新選組血風録』は短編十五作品で構成されていて、そのうち沖田総司が二作品の主役となっている。「沖田総司の恋」と「菊一文字」で、前者は医師の娘との淡い恋を描き、後者ではその愛刀と死がテーマとなっている。

人に好かれた男らしい。作家の子母澤寛《しもざわかん》さんが書いた『新選組遺聞』（中公文庫）には、「いうに云われぬ愛嬌があった」と書かれている。

〈病気だといっても何時《いつ》も元気で、戯談《じょうだん》ばかり云っている。（略）そして盃を持っている時の機嫌などは、本当に笑い上戸であった〉

一八六四（元治元）年、新選組は池田屋事件で名を馳せるが、このとき沖田は二十三歳だった。近藤勇は八歳、土方歳三は七歳年上で、沖田を弟のように可愛がっていた。さらに年長の井上源三郎を含めた四人は新選組の中核、天然理心流の同門でもある。

天然理心流の道場「試衛館」は江戸の牛込柳町にあった。当時、神田・お玉ケ池にあった千葉周作の道場が絶頂期にあったのに比べ、あまり流行ってはいなかったようだ。

周作の北辰一刀流が竹刀でのわかりやすい剣術を広めたのに対し、近藤の剣は時勢に遅れていた。司馬さんは天然理心流について、「野暮ったい喧嘩剣法」と書いている。

〈近藤などは、一つ覚えのように、

「一にも気組《きぐみ》、二にも気組。気組で押してゆけば、真剣、木刀ならかならず当流は勝つ」

といっていた〉（『燃えよ剣』）

やみくもに「気合だあ！」と叫んでいるようなもので、これでは周作のような普遍性はまるでない。

しかし、たしかに真剣では無敵だった。京都に出てからは近藤、土方らは恐れられた。芹沢鴨を粛清して実権をにぎり、池田屋事件など薩長方の浪士を次々と血祭りにあげた。

腕に覚えのあるメンバーのなかでも、もっとも才能を感じさせ、実際に強かった男が、一番隊組長の沖田だったようだ。司馬さんは『新選組血風録』で、その沖田に名刀「菊一文字則宗《のりむね》」を帯びさせている。

七百年もの間、折れずに生きのびてきた鎌倉期の古刀である。備前国福岡の刀工である則宗が、後鳥羽上皇に菊花紋章を彫ることを許されたため、俗称を「菊一文字」という。司馬さんは歴史的な名刀に、肺病で若死にする天才剣士の生涯をダブらせるように、書き進めていく。

沖田は懇意の刀屋から、菊一文字をすすめられる。しかし、沖田は菊一文字の美しさに魅せられ、使うことができない。冷酷な剣士である一方、少年のようなやさしさが混在する男だった。土方に語る。

〈「この姿、これをいったん見た以上、血を吸わせる気がしますか。近藤先生の虎徹《こてつ》、土方さんの兼定《かねさだ》なら、いかにも業物《わざもの》めいて、いかにも人の骨を食い割りそうな気がしますが、どうも、この則宗の姿はそういう気をおこさせないな」〉

土方の「和泉守兼定」を置き並べると、違いは歴然としていた。

〈同じ刀ながら、品位に格段の差がある。則宗を隠君子《いんくんし》とすれば、兼定は歯をむいて戦場稼ぎに駈《か》けまわっている野武士の相好《そうごう》そっくりであった〉

土方の愛刀「兼定」を親子二代にわたって研《と》いできた研ぎ師の苅田直治さんはこう語る。

「刀には位があり、則宗のほうがランクは上になります。やはり古くていい刀は、使うのがもったいないという気持ちは当時の武士にもあったはずです。壊れてしまえば、もう同じものはできないわけですから」

苅田さんは、JR立川駅前で「苅田美術刀剣店」を営んでいる。刀にもよるが、一口を研ぐのに十日ほどかかる。これまで何千口も研いできたなか、土方家の「兼定」を見たとき驚いたという。

「柄の部分に巻いてある布の傷みが相当激しく、かなり使い込んだものだということがわかります」

刀は、野球のバットやゴルフクラブと同じで、小指と薬指で柄をしっかりとにぎる。そのため小指付近の布が傷むのだが、土方の「兼定」は人さし指と親指付近が傷んでいる。

「突きを繰り返したのでしょう」

と、苅田さんはいう。

上から振り下ろさず、何度も突けば人さし指に力が入る。そのとき、にぎりこぶしの上部が擦り切れるのだという。土方に突きをくらった男たちのうめき声が聞こえてきそうな話ではある。

苅田さんは実際の刀を見せてくれた。江戸中期の刀で、刃渡りが二尺（約六十センチ）で幅が一寸二分（約三・六センチ）と太く、ズシリと重い。

「暗闇でこれを抜かれたら、普通の人なら逃げると思いますね」

刀身は銀色に光り、手に持つだけで怖くなる迫力がある。

銘を見せてくれた。

「近藤勇の養父、周助が愛用したという刀工の武蔵太郎がつくった刀で、武蔵太郎安国です。刃文に乱れがありませんね」

周助は女好き、ゲテ物食いで知られた人だが、こういった刀を実戦に使ったことがあったのだろうか。本物だけがもつ迫力を感じた。

ところで鎌倉期の菊一文字則宗は、当時から希少だった。細く、繊細な刀で、国宝となっているものもある。高価であり、実際に沖田が持っていたかどうか、疑問とする人は多い。司馬さんが沖田の愛刀としたのは、沖田への愛情なのかもしれない。しかし苅田さんはいう。

「武士は刀を一本しか持っていないと誤解されている方もいるようですが、新選組のように修羅場にいた人たちは何本も持っています。沖田の持っていた何本かの刀のうち、『菊一文字』があった可能性だってあると思いますよ」

苅田さんの観察だと、土方は突きを中心に攻撃していたようだが、沖田も猛烈な突きで知られる。「三段突き」といわれた。近藤、土方の盟友で、日野の名主だった佐藤彦五郎の息子、佐藤俊宣は実際に三段突きを見たことがある。『新選組遺聞』で、思い出を語る。

〈ヤッ！　といって一度電《いなずま》のように突いて行って、手答《てごたえ》があっても無くても、石火の早業で、糸を引くように刀を再び手許へ引くと、間一髪を容れずにまた突く、これを引くとも一度行く。この三つの業が、全く凝身一体、一つになって、即ちこの三本で完全な突の一本となる事となっている〉

この三段突きについて、『沖田総司伝私記』（新人物往来社）を書いた菊地明さんはいう。

「三段というと、上から下へ突いていく感じがしますが、沖田の場合は同じ場所を三回突くわけです。それが一本にしか見えないほど素早かったというから、相手も逃げ切れなかったでしょうね」

菊地さんは一九七〇年のテレビドラマ「燃えよ剣」を見て、沖田総司にほれ込んだ。まだ十九歳だった。

「全二十六話のうち二十話以降は毎回泣いてました。沖田総司を島田順司さんが演じられたんですが、いまも映像として頭に浮かぶ沖田は島田さんなんです」

いまや新選組だけでなく、多くの著作のある菊地さんだが、原点は大切にしている。七四年に、新選組関係の同人誌「碧血碑《へっけっひ》」をつくり、三十年以上もいちども休まず、二〇〇八年一月で四〇五号になった。新選組の人気が衰えないのは、こうしたすそ野の広さだろう。新選組を思う人たちが、プロやアマの違いをこえて、いまも数多く存在している。

沖田が死んだのは慶応四年五月三十日。西暦だと一八六八年七月十九日で「江戸が炎暑に包まれた日」という。

「沖田も本当は戦って死にたかったでしょうね」

と、菊地さんはいっていた。肺を病んだ沖田は、鳥羽伏見以降の戦いには参加できなかった。沖田が亡くなったときは、すでに近藤は刑死していたし、土方もまた死にどころを求め、各地を転戦していた。

司馬さんは沖田の最期を、菊一文字になぞらえて書いている。七百年生き続け、いまは自分の手元にある菊一文字則宗が、沖田にはたまらなくいとおしく感じられた。

〈「七百年」

あとも則宗は生きつづけよ、と、沖田総司はふと祈りたくなるような気がする。総司は、死が近づくにつれて、笑顔がすきとおるようになってきたといわれる〉

刀はみずからの命を守る。武士の矜持《きょうじ》でもある。しかし、沖田にとって菊一文字は、自らの命以上に大切なものだったのかもしれない。

会津の新選組

土方歳三は北関東を転戦し、会津から仙台へ、さらに北海道の箱館（函館）五稜郭へと向かう。

〈土方歳三という名が、戊辰戦役史上、大きな存在としてうかびあがってくる。かれは庄内藩へ走って藩主を説得し、また会津若松の籠城戦に戦い、さらに奥州最大の雄藩仙台藩の帰趨《きすう》が戦局のわかれ目とみてその態度決定をうながすため、（略）青葉城内での藩論決定を武力を背景にせまった〉

と、『燃えよ剣』にはある。もはや一介の浪人隊副隊長ではない。

しかしその間、土方にとって大切な男たちが死んでいった。一番隊組長の沖田総司は労咳《ろうがい》（結核）のために戦線を離脱していたが、一八六八（慶応四）年五月三十日に亡くなった。二十五歳の若さだったという。

〈――死ねば。と総司は考えている。（たれが香華《こうげ》をあげてくれるのだろう）妙に気になる。くだらぬことだ、とおもいつつ、そういうひとを残しておかなかった自分の人生

が、ひどくはかないもののように思えてきた〉

と、司馬さんは悼むように書く。沖田総司の墓は六本木ヒルズに近い、東京・元麻布の専称寺にある。あまりにも来訪者が多く、いたずらも過去にあり、原則的に一般公開はしていない。香華をあげる人がこんなに多くなるとは、さすがに剣の天才も読めなかっただろう。

近藤勇も、沖田の死の少し前に世を去っている。流山で投降した近藤は、新政府軍の基地があった板橋宿に移され、しばらくの間、脇本陣豊田家に預けられていた。四月二十五日朝、板橋刑場に向かうことになる。刑場に着いた近藤は、駕籠《かご》から降りるとしばらくの間、空を見上げていたという。切腹することは許されず、斬首された。三十五歳だった。

板橋刑場はいまのJR板橋駅から近い場所にあった。駅改札を出てすぐ、小さなロータリーをこえたところに墓所があり、ひときわ大きな墓がある。

「近藤勇宜昌　土方歳三義豊之墓」

と刻まれた墓碑を建てたのは、永倉新八。永倉は新選組結成当時からの幹部で、明治後も生き残った。一九一五（大正四）年に小樽で亡くなっている。小樽にももちろん墓はあるが、板橋の墓所にも遺族が墓をつくった。死んだ仲間たちを思う気持ちは強かったようだ。

墓所の隣にあるレストランでは、参拝者用の絵馬などが販売され、ファンの集う場所にもなっている。このレストランに、「イサミあんみつ」というメニューがあった。店の人が教えてくれた。

「本当は、定食にでもしたかったところなんですが、やはりお酒をあまり飲めなかった人なので、甘いもののほうがいいだろうと」

『燃えよ剣』には、

〈本来、下戸である〉

とある。あんみつで供養されているかと思うと、ほほえましい。

近藤の墓は、ほかにも全国にいくつか存在する。

地元・三鷹市の龍源寺の墓には、刑死したあとの近藤の胴体を遺族が埋葬したとされる。新選組を題材にした小説の先駆者は、なんといっても『新選組始末記』（中公文庫）の子母澤寛《しもざわかん》さん。司馬さんも深く尊敬していた子母澤さんの『新選組遺聞』（中公文庫）に、「勇の屍を掘る」という一編がある。のちに近藤の娘と結婚する近藤勇五郎へのインタビュー（一九二九年五月）をもとにした作品で、勇五郎は、父親（勇の兄）らと七人で処刑から三日後の深夜、板橋刑場に行き、首のない遺体を掘り出して棺におさめたという。

〈父は、これを抱くようにして、「残念だろう残念だろう」と、泣きます。私はもとより、縁もゆかりもない駕かきまでが声を上げて泣きました。（略）この首のない私の養父勇を埋めたのが、只今の竜源寺の墓であります〉

と、子母澤さんは記している。

一方、首は京都の三条河原で晒《さら》された。新政府軍、特に土佐系士官の憎しみはとりわけ深く、これには当時、坂本龍馬暗殺の主犯として、新選組が疑われていた事情もあった。

もっともその後、首の行方はわからなくなり、さまざまな伝説が生まれている。近藤の首が葬られたと言われている墓のひとつが、会津若松市の天寧寺にある。愛宕山中腹にある墓を建てたのは、会津に滞在していた土方歳三だった。

その墓を訪ねると、本堂から山道を五分ほど登っていったところにひっそりとたたずんでいた。隣には土方を慰霊する塔が並んでいる。墓所の木々の合間から、会津若松の街並みがよく見えた。

「貫天院殿純忠誠義大居士」

という戒名が刻まれている。会津藩主だった松平容保《かたもり》（一八三六〜九三）に土方が拝謁し、そのとき同席した天寧寺の住職がつけた戒名だとされる。

天寧寺から鶴ケ城に向かった。

城内に、松平容保の京都守護職時代の写真を引き伸ばしたパネルがあった。城を見学

していた夫婦が、この写真を見て、

「あら、イケメンねえ」

「イケメンじゃのう」

『街道をゆく33　白河・会津のみち、赤坂散歩』（以下『白河・会津のみち』）にも、

〈松平容保の容貌は、華奢《きやしや》で端正である。（略）眉濃く、目もとが涼やかで、二十代後半とは思えないほどに少年のにおいが濃い〉

とある。

容貌は華奢な主君を頂き、会津藩は幕末の過酷な運命に身を投じる。

『白河・会津のみち』は、司馬さんの会津藩に対する深い思いがこめられた作品になっているが、

〈藩としての精度が高かったために、江戸時代、国事にこきつかわれた〉

と書いている。

その最たるものが、容保の京都守護職就任だった。無政府状態にあった京都の治安維持に奔走し、このとき、新選組を頼りにした。

〈新選組という浪士結社は、やりすぎるほどに活躍し、じつに勇敢だった〉

もっとも池田屋などで新選組が活躍するほど、結果的に新選組と会津藩は薩長らの恨みを買う構図にもなった。

さて、会津の土方はどんな日々を過ごしていたのだろうか。宇都宮での攻防戦で足の指を負傷し、若松城下の旅館清水屋（現・大東銀行会津支店）で、しばらく療養生活を送っている。治療のため、東山温泉でも湯治したといわれる。どこの湯に入ったかはわかっていない。

「『湯治したのはうちだ』という旅館の人もいるんですが、確固たる資料が出てこない以上、私たち歴史に携わるものは、ここだと、はんこ押すわけにいかないんですよ」

というのは、白虎隊伝承史学館館長の鈴木滋雄さん。飯盛山の麓にある史学館には、白虎隊や会津藩、新選組などに関する資料が約五千点展示されている。〇四年の大河ドラマ「新選組！」の影響は会津でもあるようで、鈴木さんがいう。

「あんないい俳優さんがやってくれたことが大きかったね。とくに女性に人気です。いまは墓に酒や花があがっていたりしますよ」

オダギリジョーが演じた、新選組三番隊組長、斎藤一（一八四四〜一九一五）のことだ。〈剣の精妙さは京都のころから鬼斎藤といわれ、京都時代はおそらく三十人は斬ったであろう。が、かすり傷一つ負わなかった〉

と、『燃えよ剣』にある。

斎藤一は会津に深い縁がある。

負傷してほとんど戦闘に参加していない土方の療養中、実質的な指揮をとった。土方が仙台から箱館へ向かったのに対し、斎藤一は会津にとどまって戦う。晩年は会津人として一生を終えている。

戦後に藤田五郎と改名した彼は、会津藩士の娘、高木時尾と結婚している。このときの下仲人が山川浩、佐川官兵衛、本仲人が松平容保。山川、佐川、高木家はいずれも会津藩の重臣であり、斎藤一が、会津のエスタブリッシュメントの仲間入りをしていたことがわかる。

その後警視庁に入り、西南戦争にも参加している。最後は、東京女高師（現・お茶の水女子大）で、庶務係兼会計係として働いた。『新選組・斎藤一のすべて』（新人物往来社）の「晩年の斎藤一」（林榮太郎）には孫の藤田進さんの話が載っている。

〈祖父はかなり高齢になっても（頼まれなくても）、登下校する生徒さんのために人力車の交通整理をしていたようです〉

お茶の水女子大からそう遠くない文京区本郷に居を構えていた斎藤一は一九一五（大正四）年、七十二歳の生涯を閉じた。

墓は会津若松市七日町の阿弥陀寺にある。戊辰戦争の際、会津藩の戦死者の遺体は放置されていた。新政府軍によって埋葬が許されなかったためで、嘆願の末に埋葬が許可されたのが阿弥陀寺だった。会津人の深い思いがこめられた寺に、新選組三番隊組長も眠っている。

斎藤一の見えない正体

二〇〇八年二月二日、ＪＲ京都駅中央口に会津を愛する人々が続々と集まった。「戊辰戦争研究会」の約三十人で、『幕末の会津藩』（中公新書）、『会津戦争全史』（講談社選書メチエ）などの著作がある作家・星亮一さんが主宰している。郡山市在住の星さんはじめ、会員には福島県の人が多いが、東京、仙台、新潟、京都などにもいる。ふだんはインターネットのホームページ上で意見を交換し、ときどき戊辰ゆかりの地に集まっている。

今回は一泊二日で鳥羽・伏見や会津藩ゆかりのスポットをあるく。

まず、会津本陣となった金戒光明寺《こんかいこうみようじ》に向かった。京都市左京区黒谷町《くろだにちよう》にあり、「黒谷さん」の名称で親しまれている。新選組の近藤勇と土方歳三がよく出入りしていた場所で、『燃えよ剣』では、会津藩の幹部から、

「き文字の一件、よろしく」

と近藤らは頼まれている。

「き文字の一件」とは、幕末のオルガナイザーで、新選組を提唱した、清河八郎の暗殺。結局、清河を暗殺したのは近藤や土方ではなく、のちの京都見廻組《みまわりぐみ》の佐々木只三郎だった。佐々木は坂本龍馬暗殺にも深く関与し、最後は鳥羽伏見の戦いで戦死している。

金戒光明寺の執事、橋本周現さんが案内をしてくれた。

「会津藩主の松平容保《かたもり》さんが、『いやや』といったら、近藤たちは江戸に帰るしかなかった。しかし認めてくれ、新選組ができた。ですから、ここは発祥の地なんです。『新選組発祥の地』と書いたポスターを作ったこともあります。『文句のあるやつ、いつでもかかってこい』と思ってましたが、だれもきませんでしたな」

一般には公開されない、容保が近藤らに会った「謁見《えっけん》の間」にも入ることができた。

「『近《ちこ》う』といわれても、せいぜい近藤は部屋の中央くらいまで進む程度だったでしょう」

と、橋本さんはいう。一行は、近藤よりも「近う」寄り、容保が座った上座を感慨深げに眺めていた。

夜は懇親会となった。

「会津藩士はまじめですね。命令は絶対で、悲しい結果を招いています。薩摩とはエネルギーの質が違ったでしょう。それから百年が過ぎ、このまじめさがまた愛される時代になってきたという気がします」

と、まず星さんがいう。

「ちょうど区切りの年の命日ということで、地下に眠る者たちも喜ぶと思います」

と、挨拶をしたのは、青木繁男さん。京都市下京区の「新選組記念館」の館長で、このツアーの案内人でもある。戊辰戦争の幕開けの鳥羽伏見の戦いから、〇八年で百四十年になる。

研究会では、ホームページ上での交流が多いため、「ハンドルネーム」を持っている人が多い。主宰の星さんは「榎本総裁」で、それぞれ会員は思い入れのある人の名をつけている。

ハンドルネームだけでいうと、この夜は勝海舟、村田蔵六、小栗上野介忠順《おぐりこうずけのすけただまさ》、山田方《ほう》谷《こく》、甲賀源吾らが愉快に飲んでいたことになる。

翌日もツアーはつづく。朝方の雪から変わった冷たい雨の中、一行は京阪電鉄淀駅に降り立った。

淀駅の辺りは、鳥羽伏見の激戦地に近い。いまは京都競馬場があり、ちょうど日曜で馬券と闘う人々で混雑していた。しかし、一行はまったく見向きもしない。すぐ近くの戊辰役東軍戦死者埋骨地の慰霊碑（千両松）を訪ねた。雨の中、手を合わせる。この場所で、新選組創設からの幹部、「源さん」こと井上源三郎が命を落としている。

砲弾が貫通し、不発弾が生々しく残る妙教寺も訪ねた。毎年一月四日、「戊辰の役墓回向」が行われている。長崎からやってきた工藤新一さんが歌を詠んだ。

「千年の京都の花に貫く義　熱き会津の武士《もののふ》の道」

工藤さんのハンドルネームは斎藤一。いわずとしれた凄腕の、新選組三番隊組長である。

星さんはいう。

「新選組は基本的には下請け業者ですが、過激すぎて恨みを買い、会津に影響した。かつては、『足をひっぱった存在』だとして嫌われもしました。そのなかで、斎藤一は、もともと好かれています。さらに北をめざした土方と別れ、会津にとどまっていますからね。案外、会津の女性と恋でもしたのではないでしょうか」

斎藤には女性ファンが多い。〇四年のNHK大河ドラマ「新選組！」でオダギリジョーが演じたことも大きかったかもしれない。研究会の岐阜支部長、桜井玲子さんにはその残像があるようだった。

「斎藤は寡黙で芯が強そうなところがいいですね。土方と袂《たもと》を分かつところなんか、よっぽどの決意がないと、できないでしょうし」

これまで二十六回も会津を訪れた、大阪の村井雅子さんもいう。

「新選組にも、こんなに会津のことを思ってくれた人がいたんだと知り、斎藤さんが好きになりました」

いまも人気を誇る斎藤は、なんといっても腕が立つ。沖田総司、永倉新八にもひけをとらなかった。

『新選組血風録』の「鴨川銭取橋」では、五番隊の武田観柳斎が隊を離脱することになり、近藤は宴席をひらいている。帰り道に武田を送ったのが凄腕の斎藤だった。まさに、送り狼なのである。その意図を察した武田は、先手をとる。

〈武田は腰をひねるなり抜き打ちで斎藤の面上に浴《あび》せかけたが、斎藤の撃ちのほうが一瞬はやい。キラリと抜きあわせるなり逆胴を真二つに抜きうって、数間むこうに飛んでいた。武田観柳斎、即死〉

さらに、斎藤にはスパイのにおいがある。伊東甲子太郎《かしたろう》が新選組から分派したときは、隊を離脱する。

〈伊東派に奔《はし》った。

というのは表むきで、伊東派の動静をさぐる諜者《ちょうじゃ》になっている〉

と、司馬さんは書く。

伊東らが粛清されると、また隊に戻っている。処罰は受けていない。

そもそも新選組の動向をさぐるため、会津藩から送り込まれた人物なのだという説も、斎藤にはある。

新選組の主要な人物のなかで、明治を生き抜いたのは、斎藤一と永倉新八だった。二人とも一九一五（大正四）年まで生きた。

永倉は晩年に一生を語り、それをまとめた『新撰組顚末《てんまつ》記』（新人物往来社）がある。しかし斎藤は、新選組についてはほとんど語っていない。

星亮一さんとの共著、『ラストサムライの群像』（光人社）のなかで、斎藤一の項を担当した遠藤由紀子さんに、斎藤について聞いた。

遠藤さんは七九年、郡山市生まれ。〇七年に昭和女子大学で博士号を取得している。いまは学長でもある坂東眞理子さんが所長の女性文化研究所の特別研究員。〇八年春からは昭和女子大学人間文化学部の歴史文化学科の講師もつとめている。

「謎が多く、資料が少ない人物ですね。わかっていることがパズルのピースのように存在していて、組み合わせで解釈が変わる。司馬さんは『剣豪・斎藤一』として、パズルを組み合わせたのではないでしょうか」

土方が仙台から箱館（函館）へと転戦していくなか、斎藤は会津藩にとどまり、会津藩士とともに降伏する。会津藩は、一八七〇（明治三）年に再興が許され、斗南《となみ》藩（下北半島と岩手県の一部）に移封される。

厳寒の地に斎藤も行っている。やがて会津藩の重臣の娘、高木時尾と結婚する。その後、警視庁に勤め、西南戦争にも従軍し、晩年は東京女子高等師範学校（現・お茶の水女子大）の庶務係兼会計係になった。

遠藤さんは、会津藩家老である梶原平馬の妻、山川二葉という人物を調べたことがある。彼女は山川浩（陸軍少将）、山川健次郎（東大総長）、山川捨松（大山巖の後妻）の姉で、東京女子高等師範学校で舎監、また教諭として勤めていた。

「山川家との縁からか、斎藤もそこに勤めることになったのかな、という気もします。記録を見ると、勤めていた時期が二葉と五年ほどかぶっています。剣豪の会計係はなんだか不思議な感じはしますけれど」

三人の子供がいた。長男の勉は子供に、玄関は足から出ろ、と教えたそうである。足を斬りつけられても反撃できるが、頭から斬られると致命傷になるからというもの。明治には藤田五郎と改名し、「斎藤一」は封印していたが、剣豪の血は、受け継がれていたようだ。

「孫にも囲まれ幸せな人生でした。その後の人生も惰性で生きていたわけではないと思います。新選組であったからこそ、誇り高い会津藩士となり、そして会津藩士として生き抜いたと私は思います。福島県人の私ですが、この斎藤の姿がファンになる理由なのです」

斎藤一、謎の多い人生を語らず、いまもモテている。

永倉新八の長き余生

新選組の創設以来の幹部で、永倉新八（一八三九〜一九一五）ほど長生きをした人はいない。

沖田総司を上回るといわれたほどの剣の達人で、池田屋に近藤とともに斬り込んだり、土方と鳥羽伏見で戦うなど、常に修羅場にいながら生き延びた。『新選組永倉新八のひ孫がつくった本』（柏艪舎）は、永倉のひ孫二人が編者となった本で、『壬生義士伝』（文春文庫）の著者、作家の浅田次郎さんも登場し、永倉を評している。

〈体育会系ですね（笑）。新選組は全員体育会系ですけど、その中でも二番隊長永倉新八というのは、体育会系中の体育会系ですね〉

永倉は一九一五（大正四）年、家族に見守られ、七十七歳で亡くなった。抜歯後に敗血症になったという。歯が二本痛くて、一本ずつ抜けばよいのに二本いっぺんに歯医者に抜かせ、それが悪化した。最後まで体そのものは丈夫だったようだ。葬儀には多くの人が集まり、当時の小樽新聞はその死を伝え、記している。

〈氏が近藤勇の心友にして勇の没後、板橋に其墓碑を建てしは読者の知りたまふところ〉

小樽新聞の読者におなじみだったのは、その二年前に「永倉新八」という回想記が七十回も連載されたためだ。

小樽新聞の記者が生前の永倉に何度もインタビューしたものをまとめたとされる。この連載を息子の義太郎が十三回忌の記念に一冊の本にまとめ、関係者などに配り、さらに新人物往来社から『新撰組顚末記』として出版された。九八年に新装版が出ていて、二〇〇六年六月までに十四刷を数えている。池田屋に斬り込んだ当の本人が生々しく語っているのだから、そのリアリティーには誰もおよばない。新選組関係の著作としては永遠のベストセラーとなっている。第一章のタイトルは、「むかしは近藤勇の友達、いまは小樽に楽隠居」。

〈雪深い小樽の片ほとりに余命を空蟬《うつせみ》のように送っているが、さてどこやらに凜としたきかぬ気がほの見えて枯木のようなその両腕の節くれだった太さ、さすがに当年永倉新八といって幕末史のページに花を咲かせた面影が偲ばれる〉

と、名調子なのだ。

『顚末記』を読むと、なるほど浅田さんのいうように、永倉は筋金入りの体育会系ではある。

「隊長のわがまま増長し、永倉建白書をだす」

という章では、近藤勇と対立している。池田屋事件後、「最近の近藤は横暴だ」と会津藩に建白書を出したところ、藩主の松平容保《かたもり》が直々に出てきて、永倉をなだめている。

「島原遊廓流連《りゅうれん》の日、永倉切腹をまぬがる」

という章では、幹部の伊東甲子太郎、斎藤一と島原遊郭で大宴会となった顚末が書かれている。新選組は隊則が厳しい。とくに幹部は門限を破れば切腹になることもあったが、

〈どうせ切腹の身だ。この世の思い出に思い切り飲もう〉

と、永倉らは四日も遊郭に居続け、近藤を激怒させた。近藤は永倉を切腹させようとしたが、このときは土方が取りなしている。

子孫の杉村悦郎さんに会った。札幌市の企画制作会社に勤務している。やはり札幌在住の杉村和紀さんとともに『永倉新八のひ孫がつくった本』を編集したが、悦郎さんは〇三年に、『新選組　永倉新八外伝』（新人物往来社）も書いている。先祖は体育会系なのに、新選組の子孫の人たちは文系というか、本を書く人が多い。

「私の場合、やはり父親がいっていたことが大きいですね。身内がきちんと書き残さないと、正しいものは書けないといってましたから」

名字が杉村なのは、維新後に永倉が杉村家の養子となったためだ。

永倉はもともと松前藩士。名家だった長倉家の出身だったため、維新後に新選組が崩壊すると、すぐに帰参が許されている。さらにその後、杉村家に入り、以後は杉村義衛と名乗っている。

悦郎さんは司馬さんの著作から大きな示唆を受けたという。十五年ほど前に、『新選組血風録』を読んだとき、気になる一節があった。

〈永倉という若者は、生来、他人の詮索を好まないほうだ。第一、そういう感覚に欠けている〉

というくだりで、悦郎さんはいう。

「何を根拠にこんなことをいうんだろうと最初は思ったんです。しかし『顚末記』を読み直してよくわかりました。『顚末記』には、芹沢鴨や近藤以外の人物評はほとんど出てこない」

永倉は武芸をきわめることには強い関心があるが、他の世界には興味が広がっていかない。沖田総司と同タイプではないかという。

「土方のこともあまり書いていません。組織を強くすることを考えていた土方は、永倉にとって接点のない、理解のできない人物だったのかもしれません。司馬さんは『顚末記』を読み込み、あの一節にたどり着いた。作家ってすごいなと思いました」

『血風録』に始まり、『燃えよ剣』、さらに新選組の理解者だった医師の松本良順が主人公の一人である『胡蝶の夢』と読み進んだが、もっとも好きな司馬作品は『ひとびとの跫音《あしおと》』だという。

『ひとびとの跫音』は正岡子規の養子の正岡忠三郎さん、忠三郎さんの友人だった詩人のぬやま・ひろしさんらが主人公になっている。子規にゆかりの人々の人生を通し、子規の人生がしみ通るように伝わってくる作品だ。

「子規全集を完成させようとするぬやまさんが、『とにかくまず出すことだ。間違っていたらあとで直せばいいんだ』というようなことをいっています。私も研究者でもないのに『外伝』を出しましたから、これには励まされましたね」

〇四年のNHK大河ドラマ「新選組！」では、ぐっさんこと山口智充が永倉を演じていたが、悦郎さんのイメージは故・川谷拓三さんだという。

「永倉には近藤の部下だという認識はないんですね。普通は組織に入れば、自分がどういうポジションにいるかは自然とわかるものですが、永倉にはポジショニングがよくわからない。組織に対する過剰な愛情はある。それを演じるとすれば、川谷さんがぴったりだったんですけど」

というご本人は、俳優の大出俊さんに似て見えた。

さて明治後の永倉は、どんな人生を送ったのだろうか。余生というにはあまりにも長い時間だった。

近藤、土方と袂を分かったのは一八六八（慶応四）年で、永倉はまだ三十歳。それから亡くなるまでほぼ半世紀の時を過ごしたことになる。

東京と北海道を往復し、晩年は小樽で過ごした。生計は剣で立てていたらしい。一八八二（明治十五）年から約三年半は、北海道の樺戸集治監の撃剣師範となっている。政治犯などが多かった監獄の看守たちに、剣道を教えていたようだ。

強かったことは、ずっと小樽の語り草になっていた。悦郎さんの友人の好川之範さんには、『幕末の密使』（道新選書）などの著書がある。

「いまから七、八年前に、小樽で永倉新八をもっと勉強しようじゃないかという集まりがありました。そこに参加した八十過ぎの老人が、自分の父親が見た永倉の話をしたそうです」

その老人の父親は、「今日はいいものを見たよ」といったという。

「人品卑しからぬ老人がいまの小樽の鱗友市場のあたりで、やくざ者に取り囲まれた。永倉ですね。永倉は路上の木の柵をすーっと抜いて構えたところ、静かな迫力におされたか、次々とやくざ者が蜘蛛の子を散らすように逃げた。そんな話を平成の時代に話す人がまだいたとは驚きでしたね」

東北帝国大学農科大学（現・北海道大学）の学生たちが訪ねてきたこともある。札幌の道場での指導を頼まれ、永倉は快諾した。孫たちが語った話を、悦郎さんは書いている。

〈当日、新八は大学の演武場に出向き、（略）さあ、諸君、よく見てください、人を斬るときはこうして斬る、と大上段にふりかぶり、大喝一声、振りかぶったまではよかったが、そのまま道場にぶったおれてしまったという〉（『新選組　永倉新八外伝』）

やはり年には勝てなかったようだ。悦郎さんは最後にいっていた。

「永倉は逆賊とされたことが不満であり、亡くなるまでその理由がよくわからなかったと思いますね。なぜ公務を遂行しただけなのに、殺人集団のようにいわれるのかと。その不名誉をくつがえしたい執念が永倉の余生を支えたんじゃないでしょうか。新選組をだれかが語り残すとしたら、それは永倉以外にいなかった。それが子孫としての誇りですね」

永倉が晩年を送った明治・大正の小樽は、北海道経済の中心地として空前の繁栄のなかにいた。かつての繁栄は去り、昔の街並みが残った小樽の坂道を歩くと、独りきりとなった永倉の跫音が聞こえてきた。

新選組副長としての死

土方歳三の終焉の地、北海道の函館市を歩く。二〇〇六年四月にオープンした新しい五稜郭タワーにのぼってみた。これまでのタワーは六十メートルの高さだったが、解体されてあらたに百七メートルの新タワーができている。エレベーターに乗ると、壁面の左右に榎本武揚と土方歳三がブラックライトに浮かび上がる。展望台には土方の座像もあった。写真でおなじみの土方よりやや地味な印象だが、観光客には大人気。つねに女性を左右に侍《はべ》らせている。死んでもさすがによくモテるが、ちょっと疲れ気味にもみえる。〇五年度は六十一万四千人が来たタワーに、〇六年度は百十一万八千人が訪れたという。

向かいにあった「ラッキーピエロ」で休憩する。函館名物のハンバーガーチェーンで、大手ハンバーガーチェーンの函館進出をなかなか許さない人気がある。メニューをみると、「土方歳三ホタテバーガー」があった。一個三百八十円。店内のポスターに書いてある。

〈土方歳三をはじめとする二隊が鹿部を通り箱館に向かって進軍し、土方歳三の一隊がここ鹿部に野営し、足湯をし、雄大な駒ケ岳を眺めながら、しばし、旅の疲れを癒し、森町（ホタテの産地）特産のホタテを食したかも……〉

まさかハンバーガーの名前にまで使われるとは、土方も思わなかっただろう。一緒に歩いた北海道史研究協議会の近江幸雄さんはいう。

「函館市には中島町という町名が残っています」

箱館戦争で最後まで降伏をこばみ、息子二人とともに戦死を遂げた箱館奉行並の中島三郎助。その名をいまも町名に残している。

「榎本町もあります。もっとも土方町はありません。いまほどの人気はなかったのでしょうね」

土方歳三の死は、一八六九（明治二）年五月十一日とされる。『燃えよ剣』の土方はいう。

〈おれは函館へゆく。おそらく再び五稜郭には帰るまい。世に生き倦《あ》きた者だけはついて来い〉

単騎で硝煙の立ちこめる箱館市内を進み、新政府軍の部隊に遭遇する。名前を聞かれた土方は答えている。

〈「新選組副長土方歳三」といったとき、官軍は白昼に竜が蛇行するのを見たほどに仰

天した〉

なおも用件をたずねる士官に、馬の速度はゆるめずにいった。

〈「いま申したはずだ。新選組副長が参謀府に用がありとすれば、斬り込みにゆくだけよ」。あっ、と全軍、射撃姿勢をとった。歳三は馬腹を蹴ってその頭上を跳躍した。が、馬が再び地上に足をつけたとき、鞍の上の歳三の体はすさまじい音をたてて地にころがっていた〉

三十五歳の壮烈な戦死だった。司馬さんは最後にもういちど恋人のお雪を登場させている。土方の墓がある寺に供養料をおさめて立ち去った小柄な婦人がいたと書く。

〈寺僧が故人との関係をたずねると、婦人は滲《し》みとおるような微笑をうかべた。が、なにもいわなかった。お雪であろう。この年の初夏は函館に日照雨《そばえ》が降ることが多かった。その日も、あるいはこの寺の石畳の上にあかるい雨が降っていたように思われる〉

いとおしむような終わり方となっている。

榎本武揚を首班とする五稜郭政府の閣僚としては、ただ一人の戦死でもあった。司馬さんは、

〈もうここ数日うかつに生きてしまえば、榎本、大鳥らとともに降伏者になることは自明だったのである。(かれらは降《くだ》れ。おれは、永い喧嘩相手だった薩長に降れるか)〉と、土方の心境を書いている。

箱館の土方をどう考えたらいいのだろうか。〇六年、東京・神田錦町の新人物往来社に大出俊幸さんをたずねた。

大出さんを知らない新選組の研究者はいないだろう。一九七一（昭和四十六）年から新選組関係の本を出版し続けてきた。大出さんはいう。

「生きようとか、死のうとか、いっさい考えていないと思います。彼は偶然に死んでいる。戦いというものは、誰がどこで死んでもおかしくない偶然性がある。土方はずっと戦い続け、その偶然性のなかにいた。それだけのことですよ」

大出さんは続ける。

「土方の人気は『燃えよ剣』以降ですから、司馬さんが世に出したことは間違いありません。しかし司馬さんの描く土方より、実際の土方はもっと厳しい人だと思いますね。宇都宮での戦いのさなかに、退却しようとした兵を叩き斬っています。あとから土方は後悔していますが、それぐらい電圧、テンションが高い人ではあった。そうでないと、あそこまで戦い抜くことはできません」

大出さんと新選組とのつきあいは深く、長い。

「やっぱり闇夜に鉄砲じゃ危なくて仕方がない。売れるか売れないか、ふつうは気が気じゃないが、その点、新選組には固定客がいます。コツコツと売れますね」

大出さんは多くの執筆者を育ててきてもいる。司馬さんの『新選組血風録』にもその名が登場している故・森満喜子さんもそのひとり。森さんは医師であり、沖田のファンであり、研究家でもあった。

「森さんに『司馬さんにお貸しした資料を見せてください』と手紙を出したら、原稿用紙八十枚ぐらいにきれいに清書してあり、それを紫の風呂敷に包んで送ってこられた。そこには私の全く知らないエピソードがありましたね」

そこから大出さんの手によって出版された森さんの『沖田総司・おもかげ抄』には、沖田に淡い恋心をもった女性（呉服屋のご隠居）の目撃談が出てくる。五、六人に取り囲まれた沖田は、袋小路に向かって走りだし、行き止まりで刀を下段に構え、今度は敵に向かって走りだした。

〈走りながら連続して一人、二人と突いたので、敵は三人、四人と腹を押さえて倒れてゆきました。（略）すると、その人は見物人達にさわがせた詫を入れるように目礼しました。その時、群衆は思わずお辞儀をしたほどりりしい姿でした〉

と、ご隠居さんが一目惚れをしてしまった瞬間が描かれている。大出さんはいう。

「これが沖田の三段突きかと思いましたね。目撃談はきわめて珍しい」

子母澤寛さんの『新選組遺聞』には、

〈や、や、や、と足拍子三つが、一つに聞こえ、三本仕掛けが、一技《ひとわざ》とより見えぬ沖田の稽古には、同流他流を問わず、感心せぬものはなかった〉

と、紹介されている。

「森さんのような人たちは、書きたいために新選組に近づいたんじゃなくて、新選組を好きになって書くようになった人たちですね。ブームのときだけでなく、三十何年やれたのは、彼らが現れたことも大きい。多くの人生、負けた側の人生に次々と光をあててくれました」

新選組最後の隊長になったのは、相馬主計《かずえ》。土方歳三が戦死したあとも箱館の弁天台場で戦い続けるが、やがて降伏した。『新選組銘々伝　第三巻』（新人物往来社）の「相馬主計」（横田淳）によると、相馬はその後、新島に流刑となっている。二年ほど新島にいて、島民に読み書きを教えることもあった。無法者が寺子屋に現れたときは、風呂焚き用の薪を刀のようにあやつり、追っ払ったという。

「その後、嫁さんを連れて帰ってきて、東京の下町で暮らしていた。ところがある日、嫁さんが買い物に行って帰ってきたら、障子が真っ赤な血に染まっていた。自刃してしまったんです。理由はわかりません。これはもうカフカの世界ですよ」

歴史とは慰霊と検証ですと、大出さんは力をこめていう。

「人間が無名で死んでどうするんですか。人間は具体的な名前でどこでどういう状態で死んだか、記録を残すべきだと思います。それが歴史に携わる私たちの使命だと、この仕事をやりだしてから思うようになりました。一生懸命やって死んだ人たちの、寄港地、港をつくっていく。そういう思いが私にはあります」

大出さんはもともと東京都の町田に住んでいたが、いまは千葉県の流山に住んでいる。

「わざわざ選んで行ったんだよ」

と笑う。近藤勇が土方と別れた地が流山。新選組が大きなターニングポイントを迎えた地となった。流山以降、土方も変わっていく。

「鳥羽伏見から帰って、流山以後の土方というのは冴えてると思いますよ。流山以後の土方を、政治小説の登場人物として描くというのはおもしろいかもしれないね」

と、大出さんはいっていた。

〈おれの名は、悪名として残る。やりすぎた者の名は、すべて悪名として人々のなかに生きるものだ〉

と、『燃えよ剣』にはある。

連載当時は悪名のほうが高かった新選組副長。走り続けた新選組を率いたヒーローとして、いまも生き続けている。

余談の余談❹

新選組の制服の浅葱色　野暮の代名詞なのになぜ

和田　宏

「新選組」とは、またずい分気合の入ったネーミングだと思う。前身の「浪士組」は普通名詞だし、「新徴組」や「見廻組」と比べても、ほかの奴らとはちがうぞという気負いがみえる。出が士族でないだけに、かえって武士のタテマエにこだわり、先鋭化してゆく。

浅葱《あさぎ》色の羽織の袖口を白のだんだら模様にした制服を着て、赤地に白く「誠」と染め抜いた隊旗など持っていれば、「えらい気張っておいでどすなあ」と世慣れた都びとはあきれただろう。が、すぐにあまりの猛々《たけだけ》しさに凍りつく。あの芝居じみた格好は「忠臣蔵」の影響だが、照れずに大まじめにやるところがいっそう恐ろしい。

浅葱色とは葱《ねぎ》の色で、緑がかった青、薄い藍染である。汚れが目立たないので羽織の裏地によく使われた。「浅葱裏」といえば勤番で江戸に出てきた「田舎侍」を指し、色里でのその野暮ぶりをからかう川柳が数え切れないほどある。敵娼《あいかた》がバカにしてなかなかやって来ず、「紅《こう》閨《けい》に浅葱孤灯とさしむかひ」「あまたゝび嘆息をして浅葱起き」といった類である。

近藤や土方の道場は江戸市中にあったから、知らないわけがないのにこの裏地用の染め色を武闘集団の制服に使うとは、どういう料簡だろう。

ところで、司馬さんが作家の田辺聖子さんに「浅葱裏」と呼ばれたと書いている。

「いつだったか、京都の座敷で飲んでいて、話が夫君やら私やらという大正うまれの人間についての論評になり、最後に、いわば愛情をこめた足蹴《あしげ》でもって、

『大正生まれは浅葱裏。――』

と、一刀両断にされてしまったときばかりは、畳の上に笑いころげてしまった」（「田辺さんの三態」、『司馬遼太郎が考えたこと11』所収）。昭和生まれの田辺さんの目には、大正生まれは野暮天の勤番侍に見えるらしい。

余談の余談❺

夜道をならんで石を蹴った近藤と歳三の「武州の友情」

山形真功

『燃えよ剣』と『新選組血風録』で、司馬さんが新選組から発見した歴史上の特色が三つある。

一つは、農民出身、あるいは農民と武士の間のあいまいな処から出てきた男たちが、当時の武士以上に武士らしくなってゆくこと。

一つは、そういう出自の男たちが、幕末、最強の武力組織をつくったこと。とくに、土方歳三の組織をつくりあげてゆく才能。

三つ目は、「友情」があったこと。武州多摩出身の近藤勇と土方歳三、井上源三郎、そして若い沖田総司は天然理心流の小さな剣術道場の同門で、その結束は強かった。

司馬さんは、この四人には「ちょっと同時代の、他の武士の仲間にはみられない『友情』があった」と指摘する。さらに「『友情』というのは当時そういう言葉もない。明治以後に輸入した道徳だし、概念であった。……しかし『友情』は現実には存在した。上州、武州の若い連中のあいだでとくにその色彩が濃厚であった」と、「筆者の余計な差し出口」をつづけた（「沖田総司の恋」、『新選組血風録』所収）。

新選組の4人に「友情」を見いだした司馬さんは、『翔ぶが如く』で、西郷隆盛、大久保利通たちが育った鹿児島の郷中制度にも、「友情」の根を探っていった。

『燃えよ剣』に、路上の石を蹴る場面が二つある。最初は、山南敬助の処置をめぐって、土方と沖田が京の早朝の路上で（「憎まれ歳三」章）。

もう一つは、甲州で敗れ、流山に流れゆく前、江戸で、土方と近藤が京のころを話しつつ。

「歳三はしばらくだまっていたが、やがてポンと石を蹴った。……

近藤も石を一つ蹴った。こうしてならんで夜道をあるいていると、なんとなく子供のころの気持にもどるようである」（「流山屯集」章）

「友情」を石蹴りに託して、うまいなぁとしみじみ思う。

ブックガイド キーワードで読む司馬遼太郎作品

「竜馬」で読む

『街道をゆく1　湖西《こさい》のみち、甲州街道、長州路ほか』（朝日文庫）

収録されている「長州路」では下関から津和野を歩き、維新の志士に思いを馳せている。下関の商人だった伊藤助太夫を登場させ、竜馬のビジネス感覚についても触れている。

『街道をゆく12　十津川街道』（朝日文庫）

舞台は、奈良県の十津川村。渓谷沿いにあるこの村は、幕末に多くの志士を輩出している。新選組と戦った十津川出身の志士たちと竜馬の交流が描かれる。

『街道をゆく15　北海道の諸道《しょどう》』（朝日文庫）

古代から明治維新まで北海道の歴史を紐解くこの巻では、竜馬のいとこ・沢辺琢磨（山本数馬）が登場する。竜馬は貿易という観点からロシアに近い北海道に関心を寄せていた。

『街道をゆく25　中国・閩《びん》のみち』（朝日文庫）

大航海時代の東アジアの玄関口・中国の福建を舞台にし、文明の交流をテーマにしたこの巻には「竜馬」のモデルとなったスティーブン・トロク氏との交流も描かれている。

『街道をゆく27　因幡《いなば》・伯耆《ほうき》のみち、檮原《ゆすはら》街道』（朝日文庫）

四国・高知から始まる「檮原街道」は、竜馬をはじめ多くの土佐人たちがたどった脱藩のみちを歩いている。

『街道をゆく42　三浦半島記』（朝日文庫）

鎌倉から横須賀までを歩き、鎌倉幕府の成立や昭和海軍など多岐にわたる話題に触れ、「久里浜の衝撃」と題した章で横須賀に埋葬されているおりょうのことが描かれる。

『司馬遼太郎全講演[3]』（朝日文庫）

「時代を超えた竜馬の魅力」と題した講演で、竜馬への思いを語り、自分の作品では「日本という国を大切につくり続けてきた日本人を書き続けることにした」と語っている。

『司馬遼太郎が考えたこと10』（新潮文庫）
執筆された年代別に司馬さんのエッセーをまとめた全十五巻のシリーズ。「平尾道雄史学の普遍性」に龍馬研究の第一人者として尊敬していた平尾さんへの思いが綴られている。

『古往今来』（中公文庫）
歴史のなかの出来事と、その背景にある土地の風土をテーマにしたエッセーをまとめた本書に収録されている「土佐の女と酒」に、竜馬にまつわる女性たちが登場する。

『司馬遼太郎　歴史のなかの邂逅《かいこう》5　坂本竜馬〜吉田松陰』（中公文庫）
歴史上の人物に触れられているエッセーを集めた全八巻のシリーズ。この巻は竜馬に関するエッセーがメインで『竜馬がゆく』の誕生秘話などもあかされている。

『余話として』（文春文庫）
小説の構想を考えているときに浮かんだ「余話」をまとめた一冊。「千葉の灸」では、甲府出身の自由民権運動家・小田切謙明と千葉さな子の竜馬を介したつながりが描かれる。

「新選組」で読む

『街道をゆく33　白河・会津のみち、赤坂散歩』（朝日文庫）

会津藩に「強い同情がある」という司馬さん。収録されている「白河・会津のみち」では白河の関から旅を始め、戊辰戦争の舞台を歩いている。

『司馬遼太郎が考えたこと2』（新潮文庫）

一九六一年十月から一九六四年十月に発表されたエッセーが収録され、この時期に執筆していた『新選組血風録』『燃えよ剣』『竜馬がゆく』の執筆裏話などが読める。

『手掘り日本史』（集英社文庫、文春文庫）

評論家の江藤文夫氏のインタビューに答え、自らの「歴史観」について語っている。小説内の登場人物を造形していくための取材の様子なども明かされる。

インタビュー

私と司馬さん

漫才コンビ「爆笑問題」……太田光さん
漫画家……黒鉄ヒロシさん
俳優……児玉清さん
女優……酒井若菜さん
「文藝春秋」元会長……白石勝さん

龍馬も僕も遅咲きだった

漫才コンビ爆笑問題 太田《おおた》 光《ひかり》さん

一九六五年、埼玉県生まれ。漫才師。日大芸術学部中退。「爆笑問題のニッポンの教養」などレギュラー番組多数。妻・光代さんは所属事務所社長。
（撮影・横関一浩）

僕が『竜馬がゆく』を読んだのは二十六歳のときです。学生時代から本が好きで、島崎藤村を全部読んでから太宰治を読みふけった。司馬さんの小説は読むとはまると言われて、それまであえて読まなかった。そのころ、僕にはまったく仕事がなくて、カミさんがパチスロやバイトで稼いで、生活はなんとかしのいでいた。僕はやることがなくて暇で『竜馬がゆく』を読み始めた。自宅にこもって文庫本八冊を二週間もかからずに一気に読んだ。

衝撃的でした。僕のそれまでの龍馬のイメージとまったく違っていた。龍馬は天下獲りなんかではない。海の仕事をしようとする龍馬にとっては、ときに革命は片手間の仕事だった。大政奉還がされて、革命後の新政府の名簿を作ったときに、龍馬は自分の名前を入れなかった。

西郷隆盛が驚いて、「尊兄の名が見あたらんが、どぎゃンしもしたかの」と聞かれて、窮屈な役人が嫌いだと言って、「世界の海援隊でもやりましょうかな」と答えた場面は最高ですね。陸奥宗光が「西郷より二枚も三枚も大人物だ」とのちに言ったのもよくわかる。龍馬は剣の腕も超一流。しかし、あの激動の時代に一人も殺していない。偉い人はたくさんいるけど、織田信長やナポレオン三世だって、結局は人殺しなんだから。そういう意味では、龍馬みたいな男は世界でもそうはいない。

――太田さんは、相方の田中裕二さんと二人で『爆笑問題が読む龍馬からの手紙』を二〇〇五年に出版した。巻末には龍馬・太田・田中「何歳で何してた？」という年表がついている。

龍馬も幕末の志士としては遅咲きだった。僕が焦りを感じていた二十代後半に、龍馬も誰も思いつかないような発想をしていたために、なかなか表だっては行動できなかった。脱藩が二十八歳のとき。司馬さんの本で龍馬ももどかしい思いをしていたことなどを知り、「僕も今からだって」と、励まされたことをよく思い出します。

僕も突き抜けたああいう人物になりたいと思った。龍馬の妻はお龍《りょう》。ウチも、僕が光でカミさんが光代。同じ漢字を使った名前ということもあって、自宅では「僕が龍馬で、みっちゃんがおりょうだ」とよく言うんですが、カミさんからは、「私のほうが龍馬よ」と言われてしまう。（笑い）。

――太田さんは司馬作品では『燃えよ剣』『世に棲む日日』『梟の城』を読んだ。『坂の上の雲』を読むのを楽しみにしているが、今は超多忙でその時間がとれないという。

司馬さんの『竜馬がゆく』を読んだあとに、新選組なんて人斬り集団だと思いながら『燃えよ剣』を読むと、それはそれで土方歳三の魅力に引き込まれてしまう。どんな立場の人間であろうと、それぞれの言い分がある。司馬さんの小説で、同じ見方でなく違ったところから物事をみる大切さを教えられた気がした。

それから、司馬さんが小学六年生の教科書のために書いた「二十一世紀に生きる君たちへ」の文章が大好きですね。「君たちの未来が真夏の太陽のように輝いているように感じた」と結ばれている。司馬さんの作品は、いつも読者を明るい気持ちにさせるからとても好きです。

「龍馬酒」「竜薬」と三十年前の遭遇

漫画家　黒《くろ》鉄《がね》ヒロシさん

一九四七年、高知県生まれ。漫画家。
著書は『ひみこーッ』『新選組』『赤兵衛』など多数。
（撮影・石野明子）

実家は、龍馬が脱藩したときに通った高知県佐川町にある酒造業でした。龍馬が先祖の酒を飲んだかどうかはわかりません。実家の左斜め前が（明治時代の宮内相だった）田中光顕の家。龍馬自筆の手紙や維新の志士たちの資料を所蔵している青山《せいざん》文庫も近くにありましたから、小さいころから龍馬さん的遺伝子が僕の体の中を駆けめぐっていたのかもしれません。

司馬さんの『竜馬がゆく』が書かれるまでは、土佐では龍馬暗殺犯人は新選組説がもっぱらのようでした。

僕が『竜馬がゆく』を読んだのは大学生時代でしたから一九六〇年代後半。龍馬にはさまざまな説が飛び交っていて、司馬さんの作品が出てようやく静脈と動脈とが整理された。わが意を得たりの気分でした。僕が学生のころ、帰省した土佐で「龍馬酒《りょうまざけ》」を発明しました。貧乏学生はカネもないのにバーに飲みに行く。そこで龍馬について文句をつけていると、近くの大人がかならず口を挟んでくる。「そうですか」と言って賛同すると、「もう一軒行こう」と連れていってくれた（笑い）。『竜馬がゆく』については、読むと元気が出るという意味で、「竜薬《りょうやく》」と僕らは呼んでいました。

――黒鉄さんは小さいときから歴史と絵が大好き。ものを表現する漫画家以外は考えなかったという。二十代から週刊誌の連載を七、八本持ち、テレビにも出演するなど人気漫画家だった。

司馬さんには銀座の文壇バーで一度お会いしたことがあります。たしか、一九七六年でした。出版関係のパーティーの後で僕がバーで飲んでいると、司馬さんが顔見知りの編集者ら四、五人で入ってきて、僕の右側のテーブル席に座った。僕と司馬さんの距離は二メートル。僕にとっては伝説の人でしたから畏まった。そこで僕の本棚が脳内に浮かんだ。『竜馬がゆく』はもちろんのこと、『燃えよ剣』『新選組血風録』『峠』『王城の護衛者』『翔ぶが如く』などなど十数冊が次々と並ぶ。そうだ、司馬さんの小説は本が出るごとに読んでいて、ほとんど持っている。熱烈なファンだったと再確認した。そう思いながら、司馬さんの顔をチラチラ見るものだから、知り合いの編集者がたまらず司馬さんに僕を紹介してくれた。司馬さんは二十歳以上も年若の僕の顔を見て、優しく笑顔で言った。

「土佐のご出身ですね」

僕は舞い上がってしまった。脂汗を出しながら、ついつい龍馬の脱藩の道に実家があったことなどを話すと司馬さんは、

「青山文庫の下のあたりですね」

と言われた。その後、司馬さんは『街道をゆく27　因幡《いなば》・伯耆《ほうき》のみち、檮原《ゆすはら》街道』でも、実家の近くのウナギ屋さんを書かれていて、とても近い人に感じた。

――黒鉄さんは九九年に『坂本龍馬』で文化庁第二回メディア芸術祭賞を受けたが、いまは「龍馬暗殺説」について十二説をあげて、一つずつ検証をする作業を進めている。

司馬さんの作品はいまでもときどき読み直します。朝日ビジュアルシリーズ「週刊　街道をゆく」の仕事で全巻を読み直して「名場面」を描いたのは、楽しい作業でした。『街道をゆく』には司馬さんの表現方法や時代や小説のエッセンスが凝縮されていますから。

歳三と龍馬を書き分けた腕

俳優 児玉《こだま》 清《きよし》さん

一九三四年生まれ。学習院大卒。出演ドラマは「黄金の日日」「ＨＥＲＯ」「危険なアネキ」など多数。「パネルクイズアタック25」の司会も務める。著書に『寝ても覚めても本の虫』『たったひとつの贈りもの』『負けるのは美しく』など。二〇一一年逝去。
（撮影・松永卓也）

僕が司馬さんの作品を最初に読んだのは一九六四（昭和三十九）年、『新選組血風録』でした。大学でドイツ文学を専攻して、大学に残ろうかとも考えていたのに、ひょんなことから東宝映画に入って数年後でした。最初は役もつかず、通行人みたいなものまでやっていて、時間は自由だったので、あらゆるジャンルの海外作家の翻訳本を乱読していました。時代小説も好きで、司馬さんの本は、たまたま発売直後に買った。

新選組というと、東映のチャンバラ映画ではないけれどいつも敵役なのに、司馬作品では、波瀾万丈の人生を送った新選組の面々が魅力ある人物として浮かび上がった。「何とうれしい作家が出てきてくれた」と喜びましたよ。続いて『燃えよ剣』『竜馬がゆく』を読みました。

いままで、単に歴史上の人物だった男たちの息づかいまで聞こえてきた。土方歳三や近藤勇にしても、命を捨てることが平気な男が何人か集まれば、国を変えていくことだってできると思えた。スタジオの片隅で読んで、司馬さんの簡潔な文章と、あらゆる角度からものをみる姿勢に、はまりました。しかも司馬さんは、主人公の性格を見事に看破する。同時期に対比的な坂本龍馬と土方歳三を魅力的に書き分けて、どちらも心を奪われる。『燃えよ剣』で土方が夜這いをする冒頭シーンは、今でも鮮烈です。

――児玉さんは子供のころから本好きで、講談本を読むために貸本屋通いをした。国内外を問わず読み、一時期は文芸評論家になろうとも思った。

私は五味康祐さんの『秘剣』などの映画に出演したことがあります。殺陣《たて》の場面では、殺陣師の方が指導してくれるのですが、やっているうちに袴の紐がずり上がったり、小刀を抜いてしまったり。監督から何度か叱られて、剣豪映画にはいい思い出がありません。やはり私にとっては本が最高。司馬さんの作品は『燃えよ剣』以降は出版されるたびに夢中で読みましたが、私は河井継之助を描いた『峠』が忘れられない。徳川家の恩顧に報いるために、あえて長岡藩は最後まで新政府軍に立ち向かう。どういう立場にいても大切なのは志だとわからせてくれた。

──児玉さんは二〇〇五年十月に司馬遼太郎記念館で「小説を読まない国に未来はない」という講演をした。満員の熱心なファンに緊張したという。

司馬さんの「『坂の上の雲』を書き終えて」という文章を読んだときに、胸を突かれたのをいまでも思い出します。日本はアメリカについてほとんど調査することなく、戦争を始め、負けた。日露戦争からたった三十数年で日本は老朽化し愚鈍になったと司馬さんは言った。司馬さんは実際に戦車隊にいて劣った兵力を身をもって体験していますから。私も戦後初めてアメリカに行ったときに、なぜこんな豊かな国と戦争をしたのだろうと素朴な疑問を持ちました。司馬さんは「日本人は、事実を事実として残すという冷徹な感覚に欠けているのだろうか」と結びましたが、そのとおりだと思う。いまの日本をみても何となく情けなくなるときがあります。

脇役の描き方に愛情ある小説

女優　酒《さか》井《い》若《わか》菜《な》さん

一九八〇年、栃木県生まれ。テレビドラマ「木更津キャッツアイ」「ニュース速報は流れた」、映画「天使の恋」など出演多数。写真集のほか、二〇〇八年に小説『こぼれる』を出版して話題になった。二〇一〇年のNHK大河ドラマ「龍馬伝」では饅頭屋長次郎の妻・お徳役。
（撮影・東川哲也）

昔、本屋でアルバイトをしていたとき、司馬作品がコンスタントに売れていました。文庫の量もとびぬけて多く、「この人は何者だろう」と気になっていました。『竜馬がゆく』を読んだのは五年ほど前。歴史好きの知人から「小説は脚色されている」「どうせ読まないでしょ」と言われ、カチンときて文庫本八冊を買いました。夜の十時から朝の六時ごろまで、眠る時間を削って読みました。竜馬づけの日々でした。

江戸に剣術修行に出る竜馬が寝《ね》待《まち》ノ藤兵衛という泥棒と旅をともにして、富士山を見る場面がありました。竜馬は富士山を前に「日本一の男になりたいと思った」と話す。笑う藤兵衛に「一瞬でもこの絶景をみて心のうちがわくわくする人間と、そうでない人間とはちがう」と言うんです。藤兵衛は司馬さんが作った架空の人で、台詞《せりふ》も司馬さんの創作ですが、私は器の大きな竜馬が好きになり、自分の悩みが小さなものに見えました。それから嫌なことがあると竜馬だったらどうするかと考えました。〇八年に以前の所属事務所を辞めるときも竜馬のことが頭にありました。住んでいたマンションも解約して高幡不動尊のベンチで心機一転したのはしばらくしてからでした。

——酒井さんは司馬作品を次々に読んだ。『燃えよ剣』『世に棲む日日』も好きで、隅々まで読み込んでいる。『街道をゆく6　沖縄・先島への道』を読んで、沖縄の竹富島にも行ったという。

いま歴女《れきじょ》ブームですが、私は司馬作品ばかり読んでいるから、どちらかといえば「司馬女《しばじょ》」かな。龍馬のようになりたいと思うけれど、恋心は抱かない。坂本龍馬は手紙をよく書いています。あの筆の勢いがとても好き。坂本龍馬記念館で龍馬直筆の手紙を見て「まだ温度が伝わってくる」と感動しました。携帯電話でメールの時代ですが、メールでは思いが伝わりにくいので、メールの機能を止めてしまったこともあります。

私はテレビや映画で脇役をやることが多いので、よけいに感じるのかもしれませんが、司馬さんの小説は脇役の描き方に愛情がとてもあるんです。たとえば自由民権運動の板垣退助も『竜馬がゆく』では土佐藩上士として終わりのほうに大きな見せ場があります。西郷隆盛に幕府との戦いに必ず駆けつけると約束して「来なかったときは板垣が死んでいると思ってください」という。その後、『燃えよ剣』を読んで板垣が出てきたときに「板垣よく頑張ったねえ」と思いました。

――酒井さんは大好きな龍馬が主人公の「龍馬伝」で近藤長次郎の妻を演じ、大河ドラマ出演の念願をかなえた。

坂本龍馬は海外に夢を持ち、長崎の亀山社中で貿易もやり始めた。私は龍馬からポジティブな考え方を学んで、人生が変わったと思う。恥をかくことも怖がらず、前向きに考えていた。だからこそ龍馬は男からも女からも愛された。私は天国で坂本龍馬が司馬さんに会って「司馬さん、大げさすぎるぜよ」と照れている場面を想像することがあります。すると司馬さんは「違うよ、竜馬は本当にすごいよ」と言う。肩でもたたいているといいなあ。

新入社員で取材に同行

「文藝春秋」元会長 白石《しらいし》 勝《まさる》さん

一九三九年、栃木県生まれ。六二年に文藝春秋に入社。「週刊文春」「文藝春秋」編集長などを経て九九年に社長。会長、顧問を経て二〇〇八年退任。『燃えよ剣』がなぜ新潮文庫なのですか、と聞くと、「当時は文春文庫がまだなくて」。
（撮影・門間新弥）

司馬さんが週刊文春で『燃えよ剣』の連載を始めたのが一九六二（昭和三十七）年十一月。私はその年に入社して週刊文春で連載などを担当するセクション班にいました。記憶が定かではないが、編集長かデスクに、

「司馬さんの取材に同行してこい」

と言われたんです。秋だったと思います。車を手配してカメラマンと司馬さんを乗せて土方歳三の生家がある日野町石田に向かった。途中で司馬さんの同僚だった産経新聞の三浦浩さんのところに寄った。土方さんの生家は「お大尽」という異名があり、歳三の兄の子孫が継いでいた。事前に取材をお願いしていたからか、歳三の刀である差料和泉守兼定や巻物などいろいろ

な資料が用意されていた。司馬さんが資料を読んだり、取材をして三時間あまりいたような気がします。歳三の墓では、周りが土方姓ばかりで驚いた記憶があります。

――司馬さんの連載は十一月十九日号から始まり、このときのグラビアが掲載されたのは翌年の一月二十一日号だった。

帰りに挿絵画家の中尾進さんの自宅に伺って簡単な話をされてから戻りました。司馬さんは帰りの車の中で興味深い話をたくさんしてくださったと思うのですが、ほとんど覚えていません。何か私の質問に答えられたのか、「自分は太平洋戦争のことは書かないよ」と言われたことだけは、はっきり覚えています。あのときは、尿意をこらえていたのですが、初対面だった司馬先生を前に、それが言えず脂汗をかいた。いま思い返すと、貴重な機会だったのに、何もわからない新入社員でもったいないことをしました。

『燃えよ剣』の原稿は順調に入稿された。当時は印刷会社で出張校正をしていたのですが、編集部のみんなが司馬さんのゲラを読みたがって、「早く読め」と奪い合うようにしていたのが印象的でした。キレがよくて、あれだけ格好いい文章。先輩たちが「おもしれえな」と感心するのを自分のことのように嬉しく思った気がします。

このあと、司馬さんと仕事をする機会がなく、二十五年ほどたった八八年七月に月刊文藝春秋編集長になってから、『この国のかたち』でまた密にお付き合いさせていただきました。司馬夫人の福田みどりさんによると、私が編集長就任直後に東京駅まで司馬さんを迎えに出て、「僕は前任者と違って平凡な男なのでよろしくお願いします」と挨拶した言葉が印象に残ったとのことです。

——『この国のかたち』の連載中は手紙で交流。誠実な性格で司馬さんも信頼していた。

司馬さんからいただいた手紙に、私と土方の生家に取材に行ったことを書かれていたことがありました。私が忘れていた土方家当主のことを克明に覚えていて、驚いた記憶があります。八九年に韓国の盧泰愚大統領（当時）との対談をお願いしたときのことです。韓国に着いてすぐ私の父親が急死したので、その対談を終えてから私は先に日本に戻ったのですが、自宅に着くと司馬さんから枕花が贈られていました。手紙でも深いいたわりの言葉をいただきました。司馬さんに会うと、目の強さを感じました。すべてこちらが見えてしまっているような目でした。

司馬遼太郎《しばりようたろう》の幕末維新《ばくまついしん》Ⅰ
竜馬《りようま》と土方歳三《ひじかたとしぞう》

朝日文庫

2012年２月29日　第１刷発行
2013年５月30日　第３刷発行

著　者　週刊朝日編集部《しゆうかんあさひへんしゆうぶ》

発行者　市川裕一
発行所　朝日新聞出版
〒104-8011　東京都中央区築地5-3-2
電話　03-5541-8832（編集）
03-5540-7793（販売）
印刷製本　大日本印刷株式会社

ISBN978-4-02-264648-4

「司馬遼太郎記念館」のご案内

司馬遼太郎記念館は自宅と隣接地に建てられた安藤忠雄氏設計の建物で構成されている。広さは、約2300平方メートル。2001年11月に開館した。

数々の作品が生まれた自宅の書斎、四季の変化を見せる雑木林風の自宅の庭、高さ11メートル、地下1階から地上2階までの三層吹き抜けの壁面に、資料本や自著本など2万余冊が収納されている大書架、……などから一人の作家の精神を感じ取っていただく構成になっている。展示中心の見る記念館というより、感じる記念館ということを意図した。この空間で、わずかでもいい、ゆとりの時間をもっていただき、来館者ご自身が思い思いにしばし考える時間をもっていただきたい、という願いを込めている。　（館長　上村洋行）

利用案内

所 在 地　大阪府東大阪市下小阪3丁目11番18号　〒577-0803
T E L　06-6726-3860，06-6726-3859（友の会）
H P　http://www.shibazaidan.or.jp
開館時間　10:00～17:00（入館受付は16:30まで）
休 館 日　毎週月曜日（祝日・振替休日の場合は翌日が休館）
特別資料整理期間（9/1～10）、年末・年始（12/28～1/4）
※その他臨時に休館することがあります。

入館料

	一　般	団　体
大人	500円	400円
高・中学生	300円	240円
小学生	200円	160円

※団体は20名以上
※障害者手帳を持参の方は無料

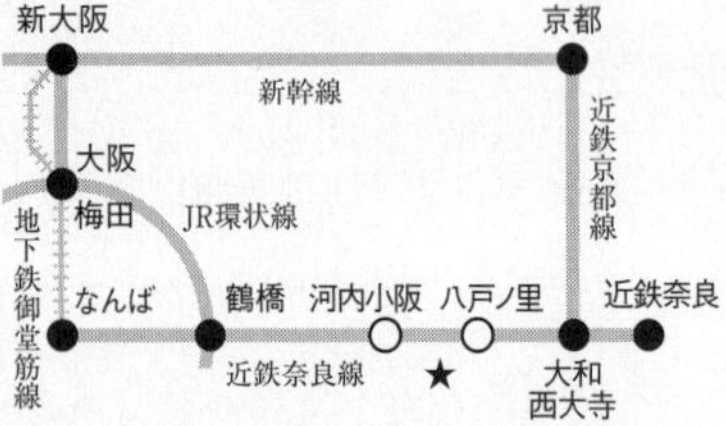

アクセス　近鉄奈良線「河内小阪駅」下車、徒歩12分。「八戸ノ里駅」下車、徒歩8分。
Ⓟ5台　大型バスは近くに無料一時駐車場あり。但し事前にご連絡ください。

記念館友の会　ご案内

友の会は司馬作品を愛し、記念館を支えてくださる会員の皆さんとのコミュニケーションの場です。会員になると、会誌「遼」（年4回発行）をお届けします。また、講演会、交流会、ツアーなど、館の行事に会員価格で参加できるなどの特典があります。

年会費　一般会員3000円　サポート会員1万円　企業サポート会員5万円
お申し込み、お問い合わせは友の会事務局まで
TEL 06-6726-3859　FAX 06-6726-3856